AF314795

EXTRAIT

DU

PROCÈS VERBAL

DE

L'ASSEMBLÉE GÉNÉRALE

DU CLERGÉ

DE FRANCE,

TENUE A PARIS PAR PERMISSION
du Roi, au Convent des Grands
Augustins en l'Année 1750.

A LONDRES,

M. DCC. L.

EXTRAIT

DU

PROCÉS VERBAL

DE L'ASSEMBLE'E GE'NERALE du Clergé de France, tenue à Paris en 1750.

CONTENANT

Tout ce qui s'est passé depuis la seconde Visite des Commissaires du Roi, touchant leur Discours à l'Assemblée, & la Déclaration du Roi du 17 Août 1750. portant réglement pour la confection d'un nouveau Département général.

SEANCE DU 17 AOUST 1750.

MEssieurs les Commissaires du Roi étant entrés, lecture faite de la Lettre du Roi, M. d'Ormesson portant la parole, a dit :

MESSIEURS,

Les témoignages & les preuves du zèle, de fidélité & d'obéissance dont le Clergé a si souvent donné l'exemple à tous les autres Ordres du Royaume, lorsque les besoins de l'Etat ont exigé qu'il concourût avec tous les fideles Sujets de SA MAJESTÉ, à maintenir la sûreté & la grandeur de la Monarchie, ne lui permettent pas de douter qu'elle ne le trouve toujours dans les sentimens & les dispositions qui naissent de l'obligation de remplir un devoir aussi important & aussi indispensable.

Tous les Etats connoissent quels sont les funestes effets d'une longue Guerre, & personne n'ignore, combien il importe de réparer promptement les maux qui en sont une suite inévitable.

Tel doit être l'objet des soins du Souverain, & celui des vœux de ses Sujets ; ce que sa sagesse lui inspire d'ordonner pour le remplir, le devoir prescrit à ses Sujets de s'y porter avec l'empressement que merite un Maître qui préférera toujours de tenir de leur zèle & de leur affection, ce qu'il pourroit exiger de leur obéissance, & qui n'a d'autres vûes que de procurer le soulagement de ses Peuples.

C'eſt principalement ce motif ſi digne de Sa Majeſté, qui l'a déterminée à faire la Paix, dans le tems même
que les plus grands ſuccès auroient pû
l'engager à continuer la guerre : c'eſt
le même objet qui l'occupe encore aujourd'hui, & auquel tendent tous ſes
ſoins & tous ſes deſirs.

Les guerres que le Royaume a eſ-
ſuyées depuis plus d'un ſiécle, ont ſuc-
ceſſivement augmenté la maſſe des dettes publiques, ſans que les circonſtances ayent permis qu'on ait reparé pendant les années de paix, un déſordre
dont l'accroiſſement deviendroit enfin funeſte à l'Etat. C'eſt à ce mal ſi
invétéré, ſi pernicieux dans ſes con-
ſéquences, ſi contraire à tous les pro-
jets que l'on peut former pour le ſou-
lagement des Peuples, ſi propre à exciter l'envie des Puiſſances jalouſes de
la France, que la tendreſſe du Roi,
pour ſes Sujets, & ſon attention à rendre ſa Puiſſance reſpectable au de-
hors, veulent enfin apporter un re-
mede trop long-tems différé.

De ſi puiſſans motifs ont déterminé
le Roi, en établiſſant une Caiſſe générale d'Amortiſſement, à ſe procurer

les moyens de parvenir à la libération successive des dettes & des charges de l'Etat, de laquelle seule on peut attendre des soulagemens réels & durables, & qui seule peut préparer au Royaume des ressources capables d'en imposer à ceux qui seroient tentés de vouloir troubler la tranquillité dont l'Europe est redevable à la sagesse & à la modération de Sa Majesté.

Il n'est point de bon Citoyen, de quelque ordre qu'il soit, qui ne doive se faire une obligation & un devoir de contribuer à des vûes si grandes & si salutaires.

Toutes les dettes contractées pour la défense & le soutien de l'Etat, Sa Majesté les regarde comme dettes de l'Etat, sa justice & sa prudence lui imposent le devoir de veiller à leur amortissement, & la protection encore plus particuliere qu'elle doit au Clergé, comme à l'Ordre le plus éminent & le plus distingué de son Royaume, exige de ses soins paternels de prendre & d'autoriser toutes les mesures nécessaires, pour l'extinction des dettes auxquelles les biens qu'il possède dans l'Etat sont plus particulierement affectés.

Ce que nous vous annonçons, Meffieurs, des vûes de Sa Majeste', doit
vous faire connoître que nous ne ve-
nons point aujourd'hui vous demander de fa part, d'augmenter encore
vos engagemens, par des fecours femblables à ceux que votre dévouement
à fon fervice lui a procuré dans le cours
des dernieres guerres. Le Roi nous a
ordonné de vous demander fept millions cinq cens mille livres , dont la
levée fera faite par cinq portions éga-
les , fur le pied de quinze cens mille
livres par an , à commencer de la préfente année ; & comme l'intention de
Sa Majeste' eft que cette fomme foit
employée au rembourfement des dettes de fon Etat ; celles auxquelles les
biens du Clergé font particulierement
affectés, lui ont paru mériter unejufte
préférence , & elle nous a ordonné de
vous déclarer , que cette fomme fera
annuellement ajoutée à celles qui font
déja deftinées au rembourfement de
ces dettes.

Le Roi toujours plein d'affection
pour le Clergé de France , n'entend
rien changer dans l'ancien ufage de
lui confier le foin de faire la réparti-

tion & le recouvrement des fommes
pour lefquelles il doit contribuer aux
befoins de l'Etat , & fon intention eft
qu'il en foit ufé de même pour celle
que vous avez aujourd'hui à impofer.

C'eft une diftinction éminente dont
vous jouiffez, Meffieurs, depuis long-
tems ; elle vous rend en cette partie
dépofitaire de l'autorité du Roi : Mais
S. M. informée des plaintes fi fouvent
réitérées de l'inégalité des anciens Départemens fur lefquels vous faites la
répartition de vos impofitions, fe croit
indifponfablement obligée d'en reformer les abus. S'il eft une prérogative
de l'autorité Royale dont l'augufte
Monarque qui nous gouverne foit jaloux, c'eft fur-tout celle de remédie
à un défordre également contraire au
bien du Clergé, comme à celui de l'E-
tat, & qui ne fubfifte qu'à l'ombre de
la portion qu'il vous confie de fon Autorité.

C'eft dans cette vûe que S. M. avoit
autorifé, à la follicitation du Clergé
de France, les mefures qu'il avoit pri-
fes dans l'Affemblée de 1726. pour
connoître la véritable valeur des Biens
Eccléfiaftiques, & parvenir à la ré-

formation du Département de ſes Impoſitions.

Le Roi voit avec peine que ce qui
avoit été ſi mûrement diſcuté, & ſi ſa-
gement projetté & ordonné , ſoit depuis vingt-quatre ans reſté ſans aucune
exécution. S. M. perſuadée que les
ſentimens du Clergé de France n'ont
point dû changer à cet égard, s'eſt déterminée , Meſſieurs , à autoriſer de
nouveau par une Déclaration adreſſé
à ſon Parlement , des meſures qui ſeront à jamais un témoignage de votre
zèle pour le bien du Clergé , & dont
l'exécution aſſurée déſormais par le
ſoin & l'attention que le Roi ſe fait un
devoir d'y apporter , remplira toutes
les vûes que S. M. ſe propoſe & comme votre Souverain , & comme votre
Protecteur.

*Réponſe de Monſeigneur le Cardinal de
la Rochefoucauld à Meſſieurs les Commiſſaires.*

Messieurs,

Le Clergé a dans toutes les occaſions donné les marques les plus éclatantes de ſon zèle & de ſon dévoue-

ment pour le Roi. Plus nos Dons ont été libres & volontaires, plus ils ont été abondans. Nous fommes le premier Corps du Royaume ; & c'eft par notre empreffement à contribuer à tout ce qui pourroit être de fon avantage, que nous avons toujours cherché à foutenir cette diftinction. Vous en avez été les témoins, & vous avez fenti vous-mêmes que notre dernier Don gratuit excédoit nos forces, puifque vous êtes convenus de nous aider d'un fecours annuel de cinq cens mille livres pour le rembourfer.

Nous allons délibérer fur les demandes que vous venez de nous faire ; & nous aurons toujours devant les yeux notre attachement au fervice du Roi, & la confidération de nos devoirs.

Meffieurs les Commiffaires étant retirés, M. l'Abbé de Breteuil, Promoteur, a dit :

MESSEIGNEURS,

Le Difcours que vous venez d'entendre me paroît offrir trois objets de délibération. Le premier pourra rouler fur le Difcours en lui-même, qui

me paroît contenir des termes & des
principes entierement contraires à vos
Immunités. Le second objet roule sur
la demande de sept millions cinq cens
mille livres imposables, à raison de
quinze cens mille livres par an : Et le
troisiéme objet regarde un nouveau
Département , pour lequel on vous
annonce une Déclaration adressée au
Parlement , contenant les moyens de
parvenir à ce nouveau Département.

A l'égard du premier article , il est
certain , Messeigneurs , que vos dons
ont toujours été libres ; qu'ils vous ont
été demandés dans tous les tems à titre
de don gratuit ; & que les Commissaires de S. M. ont presque toujours eû
la plus grande attention , à ne rien in-
férer dans leurs Discours , qui pût allarmer sur ses Immunités , un Corps
qui dans toutes les occasions , donne
des marques de zéle si éclatantes. Lors
même qu'il est arrivé que les Commissaires du Roi ont glissé dans leurs
Discours, des maximes qui pouvoient
allarmer le Clergé sur ses Immunités ,
nos Rois ont toujours calmé les in-
quiétudes du Clergé , par les assuran-
ces les plus satisfaisantes de leur pro-

tection. C'est à vous, Messeigneurs, de faire à cet égard, les réflexions que mérite l'importance de la matiere.

Le second objet regarde les sept millions cinq cens mille livres, qui opéreroient une imposition annuelle de quinze cens mille livres. Vous connoissez trop, Messeigneurs, la situation des Impositions actuelles, pour qu'on puisse vous présenter comme possible, une Imposition de cette nature. Jamais aucun Don gratuit, depuis 1710. n'a mis le Clergé dans le cas d'imposer une somme aussi exorbitante ; & il n'est pas possible que Sa Majesté, qui a bien voulu vous donner en 1748. une somme annuelle de 500000 livres, pour vous aider à supporter les engagemens que votre zéle pour Elle vous faisoit contracter, ne sente, sur vos représentations, combien la demande qu'on vous fait en son nom, est au-dessus de vos forces. Il peut être de l'intérêt du Roi, que vous accélériez la libération de vos dettes ; & dès le moment que vous envisagez l'utilité & l'avantage de l'Etat, vous êtes disposés à vous y livrer, mais il faut que cela se fasse dans une propor-

tion

tion qui vous foit poffible, & vous ne pouvez pas contracter des engage-mens, que vous ne pourriez pas remplir.

A l'égard du troifiéme article ; tout le monde me paroît pénetré de la né-ceffité d'un nouveau Département : il en a même été déja queftion dans l'Affemblée ; & fans avoir rien ftatué encore à cet égard, nous étions convenus de prendre des mefures avant de nous féparer, pour y parvenir. Mais on ne peut voir fans étonnement que les Commiffaires du Roi, vous annoncent aujourd'hui une Déclaration qui contiennent les mefures que vous devez prendre pour un Département, fans que non-feulement cette Déclaration ait été concertée avec vous ; mais même fans que vous en ayez la moindre connoiffance. Toutes ces réflexions réunies, Meffeigneurs, me paroiffent mériter la plus grande attention de votre part ; & fi dans les demandes que le Roi vous fait, vous étes accoutumés à ne fuivre que votre zèle, & votre empreffement ; il eft des circonftances où les intéréts précieux qui vous font confiés, & que vous avez à

B

défendre, exigent que vous ne faſſiez rien qu'après le plus mûr examen.

C'eſt ce qui me porte à penſer, que peut-étro vous porterez-vous à prendre du tems, pour etre à portée de rendre au Roi une Réponſe qui concilie ce que vous devez à la Religion, au Roi & à l'Etat.

C'eſt ce qui fait que je requiers, Meſſeigneurs, que vous ayez à délibérer ſur les trois points que j'ai eu l'honneur de vous expoſer; ſoit d'une maniere définitive, ſoit d'une maniere préparatoire, ſuivant que les circonſtances & vos lumieres pourront le ſuggérer.

Son Eminence ayant mis l'affaire en délibération, les Provinces ont été appellées, & celle de Rouen ſe trouvant en tour d'opiner la premiere; Monſeigneur l'Archevêque de Rouen a dit: La Province de Rouen toujours pénétrée du plus profond reſpect pour Sa Majeſté, & toujours animée du zèle le plus ardent pour ſon ſervice, et d'avis qu'attendu la nature & l'importance des demandes qui viennent d'être faites, le terme dans leſquels ces demandes ſont conçues & les principes leſquels elles paroiſſent ap-

puyées, elle ne peut prendre la réfolution pofitive, fans avoir fait des réflexions plus mûres & plus étendues.
Toutes les Provinces ayant été fuccef-
fivement appellées, elles ont unanimement adhéré à la Province de Rouen.

Monfeigneur le Cardinal a prié
Meffeigneurs & Meffieurs les Députés qui avoient été recevoir les Commiffaires du Roi, d'aller leur faire part
de la réfolution de la Compagnie ; ce
qu'ils ont fait fur le champ.

La Séance a été indiquée au lendemain matin 18 de ce mois.

Du Mardi 18 Août 1750. à huit heures du matin.

Monfeigneur le Cardinal de la Rochefoucauld Préfident.

Monfeigneur le Cardinal a dit que
l'Affemblée ayant à délibérer fur le
parti qu'il convient de prendre, par
rapport au Difcours de Meffieurs les
Commiffaires du Roi, & aux demandes qui y font contenues ; il croit que
les difcuffions préliminaires fe feront
plus promptement & plus commodé-
ment, fi on juge à propos de fe féparer en différens Bureaux, dont les avis

feront enfuite rapportés à l'Affemblée ; & que Meffeigneurs & Meffieurs pourront fuivre l'ordre des Bureaux qui ont été formés pour les comptes. L'avis de Monfeigneur le Cardinal ayant été unanimement approuvé , Meffeigneurs & Meffieurs fe font fur le champ retirés dans leurs Bureaux pour y travailler.

Du Mardi 18 Août 1750. à quatre heures de relevée.

Monfeigneur le Cardinal de la Rochefoucauld Préfident.

Monfeigneur le Cardinal a dit : Que Meffeigneurs & Meffieurs ayant fait le matin chacun dans leur Bureau différentes obfervations fur le Difcours de Meffieurs les Commiffaires du Roi ; & ayant fans doute mûrement refléchi fur le parti qu'il convient de prendre dans la conjonĉture où fe trouve le Clergé , il lui paroît à propos d'entendre l'avis des différens Bureaux ; fur quoi Monfeigneur l'Archevêque de Sens , Monfeigneur l'Archevêque de Rouen , Monfeigneur l'Archevêque de Bordeaux & Monfeigneur l'Archevêque de Vienne ont rendu compte de l'avis de leur Commiſſion, qui s'eſt trouvé le même : cependant la Compagnie avant de prendre aucune délibération ſur une matiere auſſi importante, s'eſt fait rapporter les Procès verbaux des Aſſemblées de 1655. & & de 1660. dans leſquels elle a vû que Meſſieurs les Commiſſaires avoient avancé dans le Diſcours qu'ils firent, des maximes oppoſées aux Priviléges & Immunités de l'Egliſe. Elle a enſuite recherché & conſidéré avec attention la conduite que tint le Clergé dans ces deux occaſions ; & elle a remarqué avec conſolation, qu'il obtint du Roi toutes les deux fois, de nouvelles aſſurances de la conſervation de ſes Immunités.

La lecture des Procès verbaux étant finie, on a unanimement délibéré de porter des plaintes au Roi ſur les maximes avancées par Meſſieurs les Commiſſaires de ſon Conſeil ; & de lui témoigner la vive douleur dont le Clergé eſt pénetré, de voir ſes Immunités attaquées, dans le moment qu'il ſe flattoit d'être raſſuré ſur leur conſervation ; & on a renvoyé au lendemain à délibérer ſur la maniere dont on porteroit à Sa Majesté , les plaintes & les allarmes du Clergé.

Séance du Mercredi 19 Août 1750. à huit heures du matin.

Monseigneur le Cardinal de la Rochefoucauld Président.

L'Assemblée pour mieux connoître l'objet & l'étendue des plaintes qu'elle doit porter au Roi à l'occasion du Discours des Commissaires de S. M. a recueilli & résumé les réflexions qui ont été faites par les différens Bureaux , & elle a observe que la plûpart des maximes avancées dans ce Discours, tendent à détruire entierement les Immunités de l'Eglise. Qu'elles suppo ent que le Roi peut exiger de l'obéissance du Clergé, les secours qu'il a reçus jusqu'ici de son zèle & de son affection ; ce qui enleve à ces dons leur liberté & leur mérite ; on a même remarqué que Messieurs les Commissaires du Conseil ne se font point servi du terme de *Don grat it* , terme consacré par l'usage le plus ancien & le plus constant, & que la demande qu'ils sont venus faire de la part du Roi , ressembloit moins a une demande , qui laisse la li-

berté des suffrages & *le méri e de l'offre*;
qu'à un ordre absolu, après lequel il
ne reste plus qu'à imposer.

Qu'ils ont affecté de confondre les
biens Ecclésiastiques avec les biens
Laïcs; qu'on veut faire entendre, que
nos biens sont également engagés aux
dettes & aux charges de l'Etat; &
qu'ils ne sont que plus particulierement hypothéqués aux dettes du Clergé; ce qui est entierement contraire à
la nature, & à la destination des biens
Ecclesiastiques.

Il a paru qu'on vouloit reduire les
Immunités Ecclesiastiques, au seul usage de faire la répartition des secours
offerts au Roi, qu'on affecte même
de regarder comme une concession des
Souverains, & une émanation de leur
autorité. Ce qui attaque directement
la liberté de nos Dons, qui est le point
essentiel de nos Immunites.

Enfin l'Assemblée a appris avec
douleur qu'on avoit adressé au Parlement une Déclaration qui intéresse une
partie essentielle de son administration, avant que S. M. ait eu la bonté
de lui en faire donner aucune com-
munication; & elle a remarqué que le

Clergé ne merite point le reproche qu'on lui fait d'avoir abufé de la confiance du Roi, en laiſſant ſans exécution le projet du Département arrêté en 1726. & autoriſé par des Lettres Patentes ; puiſque ce projet ne ceſſa pour lors d'être ſuivi, que par l'avis du principal Miniſtre de Sa Majeſté.

Toutes ces obſervations ayant été faites , & murement reflèchies. l'Aſſemblée a unanimement délibéré d'écrire une Lettre au Roi ſignée de tous les Membres qui la compoſent, dans laquelle elle ſuppliera S. M. de lui donner la même conſolation qu'ont donné au Clergé les Rois ſes prédéceſſeurs, en reconnoiſſant la liberté de ſes Dons; & de le raſſurer contre l'extenſion qu'on a entrepris de donner à l'Edit portant création du Vingtiéme. Il a auſſi été délibéré de repréſenter à S. M. dans la même Lettre, la peine & les allarmes que cauſe au Clergé la Déclaration qui vient d'être annoncée par Meſſieurs les Commiſſaires du Conſeil.

Séance du Mercredi 19 Août 1750. à quatre heures de relevée.

Monſeigneur le Cardinal de la

Rochefoucauld Préfident.

Après la lecture du projet de la Lettre qu'on avoit délibéré le matin d'écrire au Roi, on a supplié Son Eminence de vouloir bien la préfenter au Roi, & de témoigner en même-tems à S. M. la douleur & la confternation qu'ont répandu dans tous les cœurs, les maximes avancées par Meffieurs les Commiffaires de fon Confeil.

Monfeigneur le Cardinal a dit, qu'il feroit avec zèle tout ce que l'Affemblée defiroit, & que dès le lendemain il iroit à Verfailles pour remettre au Roi la Lettre que la Compagnie avoit l'honneur d'écrire à S. M. Il a ajouté, qu'il croyoit à propos de faire part à Meffieurs les Miniftres de cette démarche de l'Affemblée ; & que fi on l'approuvoit, il prieroit Monfeigneur l'Archevêque de Rouen & Monfeigneur l'Evêque de Rennes de fe joindre à lui pour les voir. Tout le monde a applaudi à la propofition de Son Eminence, & elle a été acceptée par Monfeigneur l'Archevêque de Rouen & par Monfeigneur l'Evêque de Rennes.

Lettre de l'Assemblée au Roy.

SIRE,

Le Clergé de votre Royaume assemblé par votre permission, est obligé de porter aux pieds du Trône, les vives allarmes que lui a causé le Discours des Commissaires de Votre Majesté. Nous avions lieu d'espérer que V. M. auroit la bonté de nous rassurer, au sujet de l'imposition du Vingtiéme, de même qu'elle a bien voulu faire à l'exemple de son auguste Bisayeul sur d'autres impositions de même nature. Non-seulement le silence de vos Commissaires sur un article si essentiel, a augmenté nos craintes, déja peut-être trop bien fondées ; mais tout leur Discours paroît tendre à l'anéantissement de nos Immunités & de nos Priviléges. Jusqu'ici Votre Majesté, SIRE, imitant tous ses glorieux Prédécesseurs a maintenu & confirmé les Privileges & les Immunités du Clergé. Celle qui nous est la plus chere consiste à vous offrir des Dons volontaires, qui, pour étre libres, n'en ont été que plus abondans. Cette liberté, Sire, est fondée fur la nature & la deftination de nos biens qui font confacrés à Dieu, & dont fes Miniftres feuls peuvent être les œconomes & les difpenfateurs. Cependant les Commiffaires de V. M. dans leur Difcours à l'Affemblée, n'ont défigné nos Dons, que comme les effets d'une obeïffance néceffaire. Au lieu de la demande d'un Don gratuit, terme jufqu'ici conftamment employé & autorifé par V. M. même, fous ce nom de demande, ils ont paru ne nous apporter qu'un ordre abfolu, après lequel il ne nous reftoit qu'à faire l'impofition.

Un langage fi peu entendu, nous jetteroit dans la dernière confternation, s'il ne nous reftoit dans la réligion de V. M. la même reffource que nos prédéceffeurs ont trouvée dans la juftice & dans la piété de vos Ayeux. Plus d'une fois les Commiffaires envoyés aux Affemblées du Clergé, y ont avancé des maximes contraires à fes Immunités; toujours ils ont été défavoués; & ces entreprifes ont procuré au Clergé les titres les plus précieux, par les affurances que nos Rois lui ont données que les Dons étoient libres ; & que les secours qu'il accordoit, étoient de *pures gratifications*. Ce sont les termes de la Lettre de Louis XIV.

Nous craignons , Sire , de lasser la patience de Votre Majesté ; mais nous sommes forcés de proportionner nos plaintes aux maux qui nous menacent. Les Commissaires de Votre Majesté nous ont fait le plus sensible reproche d'avoir abusé de la confiance de Votre Majesté par l'inégalité qui se trouve dans nos Impositions ; & d'avoir rendu inutiles les mesures qui avoient été prises en 1726. pour réformer notre Département. Apparemment ils ignorent, que c'est le principal Ministre de Votre Majesté, qui reconnut en 1730. que ces mesures étoient sujettes à tant d'inconveniens , qu'elles ne pouvoient conduire à une répartition parfaitement égale. Nous y travaillions, Sire ; l'Assemblée, dès le commencement , a regardé cet ouvrage comme un de ses principaux devoirs : plusieurs d'entre nous ont été & sont occupés à rédiger les moyens les plus propres à y parvenir ; & le Clergé étoit dans l'intention de demander à Votre Majesté,

comme

comme il fit en 1726. le secours de son autorité, pour en assurer l'execution ; lorsque nous avons appris que Votre Majesté devoit envoyer au Parlement une Déclaration à ce sujet.

Quelle humiliation pour votre Clergé assemblé, Sire ! Il verra paroître une Loi nouvelle sur une partie essentielle de son administration, sans que V. M. ait bien voulu la lui faire communiquer.

Pénetrés de la plus vive douleur, nous supplions très-humblement Votre Majesté de nous donner la même consolation que nous ont donnés ses Prédécesseurs, en nous rassurant sur le Vingtiéme, & en reconnoissant la liberté de nos Dons. Nous entrerons dans toutes ses vûes. Notre zèle n'aura d'autres bornes que l'impuissance réelle. Nous ferons les derniers efforts possibles pour diminuer nos dettes afin de pouvoir plutôt vous accorder de nouveaux secours. Nous employerons les moyens plus efficaces pour faire un Departement aussi juste qu'il peut l'être, & nous le mettrons sous les yeux de V. M. Mais nous ne devons pas craindre de le dire à un maître dont la

magnanimité égale la puiſſance ; notre conſcience & notre honneur ne
nous permettent pas de conſentir à
voir changer en tribut néceſſaire, ce
qui ne peut être que l'offrande de notre amour.

Nous ſommes avec un très-profond
reſpect,

SIRE,

DE VOTRE MAJESTÉ,

Les très-humbles & très-
obéiſſans, & tres-fideles
Serviteurs & Sujets,

A Paris ce Fred. Jer. Cardinal de la
19 Aouſt, Rochefoucauld, P. P. Arc.
1730. de Bourges, Préſident.
† J. Joſeph, Arch. de Sens.
† Nic. Arch. de Rouen.
† L. J. Arch. d Bordeaux.
† J. Arch. de Vienne
† Dominique, Arc. d'Alby.
† I. Fr. Evêque d'Alais.
† L. G. Evêque de Rennes.
† Cl. Ant. E. C. de Châlons.
† Fr. Evêque de Blois.
† L. A. Evêque de Toulon.
† J. M. Ev. de Gap.

† G. Evêque de Bayonne.
† Jean-Marie, Ev. de Rieux.
† A. J. B. Ev. de Glandeve.
† Ant. Evêq. d'Autun.
Montjouvent C. de Lyon.
L'Abbé Dulau.
L'Abbé de Pierrefeu.
L'Abbé Lenfant.
Caſſand.
L'Abbé de la Prunarede.
De Bellaffaire.
L'Abbé le Berthon.
De Radonvilliers.
De la Galiſſonniere.
L'Abbé de Ris.
L'Abbé Deſponchés.
L'Abbé de Menou.
L'Abbé de Chanterac.
L'Abbé Damou.
L'Abbé de Beaurecueil.
L'Abbé de Breteuil , Prom.
L'Abbé de Caſtries, Agent.
L'Abbé de Coriolis, Agent.
L'Abbé de Nicolay Secret.

*Du Vendredi 2 1 Aouſt 1750. à huit
heures du matin.*

Monſeigneur le Cardinal de la Rochefoucauld , Préſident.

Monseigneur le Cardinal a dit : Qu'en conséquence des ordres de l'Assemblée, il s'étoit rendu hier à Versailles, avec Monseigneur l'Archevêque de Rouen & Monseigneur l'Evêque de Rennes, qu'il avoit obtenu une Audience particuliere du Roi, dans laquelle il avoit eu l'honneur de présenter à S. M. la Lettre de l'Assemblée, & de lui représenter la vive douleur dont elle est pénetrée : il a ajouté que S. M. l'avoit écouté avec bonté, & lui avoit dit, qu'Elle feroit sçavoir sa reponse à l'Assemblée.

Qu'ensuite ayant été avec Monseigneur l'Archevêque de Rouen & Monseigneur l'Evêque de Rennes chez messieurs les Ministres, ils leur avoient exposé les motifs qui avoient porté l'Assemblée à écrire à S. M. à quoi ils avoient ajouté tout ce qu'ils avoient crû capable de leur faire sentir la justice des demandes du Clergé ; qu'ils desireroient fort pouvoir assurer l'Assemblée, que leur Discours a fait sur eux, toute l'impression qu'ils avoient lieu d'en attendre ; que l'Assemblée ne pouvoit rendre trop de graces à Monseigneur l'Archevêque de Rouen & à

Monseigneur l'Evêque de Rennes, du zèle avec lequel ils avoient parlé dans cette occasion.

Monseigneur l'Archevêque de Rouen a dit, qu'ils n'avoient fait que suivre l'exemple de Son Eminence, & que les sentimens qu'elle avoit témoignés pour les interêts du Clergé, & qu'elle avoit exprimés avec tant de force & de dignité meritoient la reconnoissance non-seulement de l'Assemblée, mais de tout le Clergé du Royaume.

Monseigneur l'Archevêque de Sens prenant la parole, a remercié au nom de la Compagnie, Monseigneur le Cardinal de la Rochefoucauld, Monseigneur l'Archevêque de Rouen & Monseigneur l'Evêque de Rennes, de la peine qu'ils avoient bien voulu se donner, d'aller à Versailles, & du zèle avec lequel ils avoient soutenu les interêts du Clergé dans une occasion si importante.

Du Mercredi 26 Août 1750. à huit heures du matin.

Monseigneur le Cardinal de la Rochefoucauld, Président.

. . . .

Messeigneurs & Messieurs ont fait différentes reflexions sur la nouvelle Déclaration du 17 Août, qui vient d'ê-
tre enregistrée au Parlement, pour
contraindre tous les Bénéficiers de
donner des déclarations des revenus
de leurs Bénéfices. On a remarqué,
que la plûpart des principes intéreés
dans cette Déclaration, semblables en
tout à ceux qui se trouvent dans le
dernier Discours qu'ont fait à l Assemblée Messieurs les Commissaires du
Roi, tendent à détruire les Immunités de l Eglise.

Sur quoi Monseigneur le Cardinal a
proposé à la Compagnie de se séparer
en différens Bureaux, pour examiner
cette affaire, afin de mettre l'Assemblée en état d'opiner d'une maniere
plus sûre sur un objet si important.

L'avis de Son Eminence a été unanimement suivi.

*Du Jeudi 27 Aoust 1750. à huit heures
du matin.*

Monseigneur le Cardinal de la Rochefoucauld, Président.

L'Assemblée ayant entendu les différentes reflexions qui ont été faites dans les Bureaux, sur la Déclaration du 17 Août 1750. a unanimement déliberé de faire au Roi de très-humbles remontrances, au sujet de la Déclaration qui vient d'être enregistrée au Parlement, & qu'on exposeroit dans les remontrances:

1°. Que cette Déclaration attaque les Immunités de l'Eglise.

2°. Que cette Déclaration, qui semble n'avoir d'autre objet que de confirmer les Lettres Patentes de 1727. paroît avoir été donnée plutôt pour reformer des abus odieux, qu'on suppose dans les Bureaux Diocesains, que pour corriger l'inégalité du Département général, qui est l'unique objet des Lettres Patentes de 1727.

3°. Qu'elle est injurieuse aux Evê-ques & aux Bureaux Diocesains, à qui on reproche des injustices dans les Départemens de leurs Diocèses, & particulierement de surcharger les pauvres, les foibles & les Curés.

4°. Et que par toutes ces raisons, on supplieroit très-humblement Sa Majesté de vouloîr bien retirer sa Déclaration du 17 Août.

Du Jeudi 3 Septembre 1750. à huit heures du matin.

Monſeigneur le Cardinal de la Rochefoucauld , Préſident.

Monſeigneur le Cardinal a dit : Que M. le Comte de Saint Florentin lui avoit mandé de la part du Roi, de ſe rendre à Verſailles ; qu'il y avoit été ſur le champ, & qu'il avoit eu l'honneur de voir le Roi hier matin ; que S. M. lui avoit dit : *Qu'elle vouloit* QUE L'ASSEMBLÉE DÉLIBERAT , *ſans differer , ſur la demande qui lui a été faite en ſon nom , par ſes Commiſſaires , & qu'elle faſſe une réponſe préciſe.*

Son Eminence a ajouté , que pour ſe mettre en état d'executer les ordres de S. M. il etoit néceſſaire d'entendre Monſieur le Promoteur.

Surquoi M. l'Abbé de Breteuil a dit :

Je crois , Meſſeigneurs , que deux objets vont fixer votre attention , dans la déliberation que vous allez prendre. L'un eſt votre reſpect pour le Roi , votre empreſſement à lui plaire , & votre obéiſſance à executer ſes Ordres. Le ſecond objet , eſt le devoir que vous impoſent la Religion & l'hon-

neur, pour la conſervation des Immunités qui vous eſt confiée. Les efforts que vous avez faits depuis dix
ans ; les ſommes prodigieuſes que
vous avez offertes au Roi, ſont des
preuves éclatantes de votre zèle pour
le bien & le ſervice de l'Etat ; & ce ne
ſeroit pas rendre juſtice aux ſentimens
qui vous ont toujours animés, que de
douter que vous mettiez aux Dons
qui vous ſont demandés de la part du
Roi, d'autres bornes que l'impuiſſance
réelle : mais ces Dons doivent être gratuits, libres & volontaires, & vous ne
pouvez les offrir que lorſqu'ils vous
ſont demandés, que comme des effets
libres de votre zèle & de votre affection. C'eſt un principe duquel le Clergé ne peut s'écarter ; la Religion vous
y attache & le ſerment de votre Sacre, Meſſeigneurs, vous impoſe une
nouvelle obligation de le ſoutenir.

Voilà, Meſſeigneurs, les deux objets que vous devez, je crois, le plus
conſidérer dans la délibération que
vous allez prendre, & pour laquelle
je réquiers que vous opiniez par Provinces.

Monſieur le Promoteur ayant été

entendu, & la matiere ayant été mife en déliberation ; l'Affemblée opinant par Provinces, celle de Bordeaux étant en tour d'opiner la premiere, a unanimement arrêté de faire au ROI de très-humbles & très-refpectueufes remontrances, tant par rapport au Vingtiéme, que fur le Difcours des Commiffaires de S. M. à l'Affemblée, dont les principes attaquent fes Immunités, & particulierement la liberté des Dons du Clergé ; afin de faire connoître au ROI les juftes motifs qui empêchent l'Affemblée de prendre une déliberation précife fur la demande qui lui a été faite de fa part.

Très-humbles & très-refpectueufes Remontrances faites au Roi le dix du mois de Septembre de l'année 1750. par le Clergé affemblé, au fujet de la Déclaration du 17 Aouft, enregiftrée au Parlement le 21 du même mois.

SIRE,

Le Clergé de votre Royaume, animé par la confiance que lui infpire la protection dont vous l'honorez, votre zèle pour la Religion & votre amour pour la juſtice , eſpere que V. M. ne déſaprouvera pas les très-humbles & très-reſpectueuſes remontrances qu'il eſt obligé de lui faire au ſujet de la Déclaration donnée le 17 Août, & enregiſtrée le 21 au Parlement.

L'Aſſemblée qui ſe tient par votre permiſſion, oſe repréſenter à V. M. que, quoique la nouvelle Déclaration ne dût, ce ſemble, avoir pour objet que la confection d'un nouveau Departement géneral , cependant cette Déclaration dans ſon préambule , attaque tout enſemble les Immunités de l'Egliſe , en préſentant comme des ſubſides les ſecours libres & volontaires qu'elle a donnés juſqu'à préſent à l'Etat, & paroît n'avoir été donnée que pour reformer des abus que l'on ſuppoſe avoir lieu dans les Bureaux Dioceſains compoſés de perſonnes les plus reſpectables par leurs vertus & par leur merite , & dont les Evêques ſont les Préſidens.

Des Miniſtres du Seigneur , à qui leur honneur doit être cher, peuvent-ils reſter dans le ſilence, quand on veut les dépeindre comme des prévaricateurs , qui abuſans de l'autorité du plus jufte des maîtres, font gemir ceux dont les interêts leur font confiés fous le poids d'une repartition auffi injufte qu'inégale.

Qu'il nous foit permis, Siré, d'expofer a V. M. que dans la Déclaration qu'elle vient de donner, on confond le pied ou le Département general, fuivant lequel la taxe ou cotte-part de chaque Diocèfe eft reglée, avec la repartition particuliere qu'en fait fur fes contribuables chacun de fes Diocèfes : il eft pourtant certain que l'on ne peut raifonner de même fur ces deux differentes repartitions. L'une & l'autre doit, fans doute, avoir pour fondement, l'égalité poffible entre les forces & les charges des contribuables ; mais de ce que cette égalité n'eft pas obfervée, ou plutôt ne fe trouve plus dans le Departement general, il feroit injufte d'en conclure qu'elle n'a pas lieu dans les repartitions particulieres. La cotte-part d'un Diocèfe par rapport aux Impofitions, peut être trop forte relativement à d'autres Diocèfes, fans que pour cela la taxe ou impofition d'un Beneficier dans ce même Diocèfe, puiffe être

regardée

regardée comme injuſte ou inégale relativement aux autres Bénéficiers du
même Dioçèſe. Ainſi nulle conſéquence d'une repartition à l'autre , nulle
raiſon valables d'imputer aux Bureaux
Dioceſains la taxe qu'exige dans un
Dioçèſe la cotte part de ce Dioçèſe
ſuivant le Département général, lorſ-
que l'égalité proportionnelle ſe trouve
parmi tous les contribuable du même
Dioçèſe.

On ne peut diſconvenir que dans
les repartitions particulieres que font
les Bureaux Dioceſains , il ne puiſſe ſe
gliſſer quelques défauts ; c'eſt l'ouvrage des hommes , ſujets par conſéquent
à erreur , & cette erreur eſt commune
aux Bureaux Dioceſains , avec tous
ceux qui ſont chargés de faire des Impoſitions de quelque nature qu'elles
ſoient. Mais s'il pouvoit y avoir une
inégalité affectée dans les repartitions
particulieres , nous ne le diſſimulerons
pas, Sire, ce ſeroit une prévarication
& une injuſtice manifeſte, que nous
ſommes auſſi éloignés d'approuver ou
de tolerer , que de croire , ou même
de ſoupçonner. Mais , Sire , votre
Clergé peut le dire & l'aſſurer avec

confiance, il n'eſt point d'accuſation plus fauſſe & plus mal fondée, que celle qu'on veut former contre les Bureaux dioceſains : pour s'en convaincre, il ſuffiroit de conſulter les Chambres Eccléſiaſtiques Superieures : c'eſt à leur Tribunal que ſe portent les plaintes des ſur-taxes prétendues dans les repartitions particulieres ; les Juges qui les compoſent, dont pluſieurs ſont Officiers de V. M. dans les Cours de Parlemens, certifieront avec vérité, que les cauſes de cette nature y ſont extrêmement rares ; nous croyons même pouvoir ajouter, qu'il y a peu d'impoſition dans votre Royaume, dont un pareil ſilence puiſſe faire préſumer l'égalité avec autant de fondement.

Pourrions-nous, Sire, ne pas dépoſer dans votre ſein paternel la douleur que nous cauſent des imputations auſſi peu méritées, & qui paroiſſent adoptees par la nouvelle Déclaration? Et ne ſommes-nous pas forcés d'avoir recours à votre juſtice & à votre bonté pour obtenir notre juſtification. Non, Sire, la pieté & la religion de V. M. ne permettront jamais que l'on jette

de pareils foupçons fur la conduite
des Evêques de votre Royaume. Si
les Dons que le Clergé a faits à V. M.
pendant le cours de la derniere guerre, fi les impofitions dont il eft acca-
blé ne permettent pas aux Evêques &
aux Bureaux Diocefains de fuivre les
mouvemens de leurs cœurs, & de
donner aux pauvres & aux foibles les
foulagemens qu'ils defireroient leur
procurer, on a égard, du moins autant qu'il eft poffible, à la médiocrité
de leurs revenus & à la nature de leurs
differentes fonctions, loin d'appefan-
tir la main fur eux dans les Impofitions. Les Curés qui, fous l'autorité
des premiers Pafteurs, foutiennent le
fardeau le plus pénible du miniftere,
font le premier objet de notre attention. Nous fçavons que dans plufieurs
Diocèfes ils fupportent des Impofitions
confidérables; mais nous ne craignons
aucun reproche de leur part, & ils ne
peuvent s'empêcher de reconnoître &
d'avouer que nous compatiffons à leur
fituation, & que nous l'adouciffons
autant que l'excès des charges du
Clergé peut le permettre, & tel eft
l'efprit dans lequel tous les Bureaux

Diocéfains font leurs opérations. Qu'il eft affligeant pour nous, ire, qu'on les ait repréfentés à V. M. fous un point de vûe bien différent !

A l'égard des Départemens généraux fur lefquels on fait les Impofitions de Diocèfe à Diocèfe, perfonne de nous n'ignore qu'ils font défectueux ; mais leur inégalité ne peut nous être reprochée, ni même à ceux de nos prédéceffeurs qui ont fait ces Départemens. L'unique caufe de leur défectuofité provient de la variation & des changemens qui font furvenus dans prefque tous les Benefices, depuis que ces départemens ont été faits ; outre que par fucceffion de tems les revenus des Benefices de certains Diocèfes ont augmenté confiderablement, pendant que ceux qui font fitués dans d'autres ont diminué. Il y a des Diocè es & des Provinces entieres, où plufieurs Benefices qui fupportoient leur part dans les impofitions, ont été ravagés dans les guerres de Religion, & même anéantis de façon, qu'on n'en trouve plus aucun veftige. De là, par une conféquence néceffaire, il eft arrivé qu'il n'y a plus d'égalité dans les Impositions faites fur le pied des anciens Départemens, parce qu'il n'y a plus de proportion entre les les forces & les charges actuelles des Diocèfes.

Ce n'eſt donc pas, Sire, fur la prétendue inégalité de la repartition intérieure de chaque Diocèfe qu'ont pû tomber les plaintes de quelques Evêques ; mais fur celle de la repartition de Diocefe à Diocefe ; & cette inégalité n'opere pas feulement une furtaxe fur les Curés, mais encore fur les Evêques, & fur tous les Beneficiers des Dioceſes qui font furchargés.

Le Clergé, Sire, non-feulement gemit de ce défordre, mais il a voulu plufieurs fois y apporter des remedes efficaces en travaillant à un nouveau Département. Il fut propofé dans l'Affemblée de 1705. & fufpendu prefque en même tems par votre augufte Bifayeul, qui en renvoya l'execution au tems de la Paix.

Dans l'Affemblée de 1726. on prit des mefures pour y parvenir : Votre Clergé demanda à V. M. d'en affurer l'execution, ce qu'elle fit par des Lettres Patentes. Ces mefures furent reçtifiées en 1730. mais peu de tems après elles furent interrompues par l'avis du principal Ministre de V. M. Depuis ce tems, la guerre que V. M. a été obligée de soutenir n'a pas paru un tems favorable pour faire un nouveau Département ; ainsi l'inaction qu'on reproche au Clergé ne peut, ce semble, lui être imputée, n'ayant fait ceder la volonté décidée pour cette opération si nécessaire, qu'aux impressions de votre Conseil & aux circonstances des tems.

Aujourd'hui, Sire, que V. M. a donné la paix à son Royaume, le zele de votre Clergé pour faire un nouveau Département, s'est rallumé. Il n'est personne qui n'en connoisse la nécessité ; chacun de nous a cherché des moyens pour y parvenir, & nous sommes en état de les mettre sous les yeux de V. M. afin qu'elle ait la bonté de les autoriser, ainsi qu'elle le fit en 1727. Si jusqu'à présent l'Assemblée n'avoit pas pris de déliberation précise, pour entreprendre cet ouvrage, ce retardement n'a eu d'autre cause que les allarmes où elle a été par rapport à ses Immunités.

Nous ne demandons, Sire , qu'à être rassurés sur leur conservation , que la liberté de nos dons soit reconnue , comme elle l'a toujours été , & nous y travaillerons aussi-tôt.

Si avant de donner la nouvelle déclaration V. M. avoit eu la bonté de nous faire connoître la volonté, nous ne craignons pas de l'assurer, Elle auroit été satisfaite des dispositions du Clergé. Si nous avions eu la consolation de trouver dans la nouvelle déclaration , toutes les dispositions qui sont dans les Lettres Patentes de 1727. Si V. M. avoit bien voulu s'expliquer dans cette déclaration , sur les opérations qui doivent suivre la remise des déclarations aux Bureaux diocésains , & la vérification qui en sera faite par eux , & qu'elle eût renvoyée au Clergé la conduite & la confection du nouveau département , ainsi qu'il s'est toujours pratiqué , l'Assemblée auroit regardé comme un de ses devoirs les plus essentiels, de travailler promptement & sérieusement à cet ouvrage, en proposant à V. M les moyens qu'elle croiroit devoir ajouter à ceux qui avoient été imaginés en

1726 & en 1730. Mais votre Clergé, Sire, au lieu d'avoir la satisfaction de trouver dans la nouvelle déclaration les marques de bonté, de justice & de confiance qu'il a toujours éprouvées, & qu'il s'efforcera de meriter de plus en plus, n'a pu s'appercevoir sans une extréme affliction, que sous le prétexte des malversations & des injustices qu'on veut attribuer à nos Bureaux diocesains, on s'est efforcé de donner des impressions fâcheuses à V. M. sur son administration; c'est avec douleur qu'il a lû dans la nouvelle déclaration les articles XIII. & XIV. dont les dispositions sont d'autant plus sensible au Clergé, que dans chaque diocèse la connoissance des rôles & des départemens n'est refusée à personne, soit par les Secretaires des Chambres Ecclesiastiques, soit par les Receveurs des décimes, connoissance qui se donne avec plus de décence & plus de facilité qu'en affichant les rôles & départemens, comme il est porté par lesdits articles XIII. & XIV. On a voulu, ce semble, nous rendre odieux & coupables, pendant que la pureté de nos intentions est soutenue

par une conduite & par des dém r-
ches à couvert de tout reproche ; &
c'eft fans doute à des préventions auffi
défavorables, que nous devons la re-
ferve que contient l'article X. de cette
déclaration , comme fi nous avions
mérité que V. M. nous privât de fa
confiance & qu'elle ne voulût pas s'en
rapporter à nos foins & à notre exactitude dans une affaire qui regarde
l'adminiftration intérieure du Clergé.

Toutes ces difpofitions, Sire, nous
affligent d'autant plus, que l'honneur
du Miniftere facré dont nous fommes
revêtus y eft intereffé ; qu'elles ne peuvent fervir qu'à nous décrediter dans
l'efprit des peuples qui font confiés à
nos foins, & à détruire la fubordina-
tion fi néceffaire dans le Clergé, comme dans tous les autres Ordres du
Royaume.

Daignez, Sire, laiffer agir la religion, la juftice & la bonté paternelle
qui font dans le cœur de V. M. &
nous avons la confiance qu'elle fe por-
tera à nous regarder d'un œil plus favorable. Vous nous permettez de vous
expofer nos allarmes ; Que Votre Majefté ajoute à cette grace, celle de les

faire ceſſer , en rendant aux Evêques de votre Royaume & à leurs Bureaux diocéſains , la juſtice qui leur eſt dûe.

Proſternés aux pieds du Trône , nous demandons à V. M. avec reſpect & confiance qu'il lui plaiſe retirer ſa nouvelle déclaration.

Nous deſirons, Sire , & nous deſirons avec ardeur de faire un nouveau département general , & de le faire avec toute l'exactitude & avec toute la juſtice poſſible en conſéquence de la délibération du 3 Septembre, priſe unanimement & conformement aux vœux de toute l'Aſſemblée. Votre Clergé arrêtera les moyens qu'il croira les plus propres pour y parvenir, & il aura l'honneur de les mettre ſous les yeux de V. M. afin qu'elle ait la bonté de les autoriſer. Nous n'avons, Sire, ni la volonté de vous cacher nos biens, ni interêt à le faire. Vous les connoitiez & vous verrez ſi nous les épargnons pour votre ſervice. Nous deſirons d'entrer dans toutes les vues de juſtice & d'équité qui animent V. M. Seroit-il poſſible qu'avec de pareils ſentimens , nous euſſions le malheur de lui déplaire , & que V. M.

laissât subsister dans les Registres de
ses Parlemens un monument qui flétrit le Clergé de votre Royaume ?
Non, Sire, votre religion & votre
justice vous engageront à le faire respecter, à l'écouter favorablement & à
le rassurer sur les atteintes que la nouvelle déclaration donne à ses Immunités. Le Clergé se flatte d'avoir établi leur origine respectable & les solides fondemens sur lesquelles elles sont
appuyée dans les représentations qu'il
prend la liberté de vous faire à ce sujet. Le zele que nous avons pour conserver ces Immunités, Sire, ne peut
jamais être désapprouvé par un Roi
qui prend si fort à cœur le culte de
Dieu & l'honneur qui est dû à ses Ministres. Elles doivent ces Immunités,
Sire, leur origine à la Religion qui est
le plus solide fondement de l'autorité
des Rois & de l'obéissance des Peuples.

Ce sont, Sire, les très-humbles &
très respectueuses Remontrances que
présentent à V. M. ses très-humbles,
très-soumis Serviteurs & fideles Sujets
les Cardinaux, Archevêques, Evêques, & autres Ecclesiastiques dépu-

tés composans l'Assemblée generale du Clergé de France.

Très-humbles & très-respectueuses Remontrances faites au Roi le dix du mois de Septembre de l'année 1750. par le Clergé assemblé, tant par rapport au Vingtiéme, que sur le Discours de Messieurs les Commissaires de Sa Majesté.

SIRE,

Les titres glorieux de Conquérant & de Pacificateur ne sont pas seuls destinés à immortaliser votre Regne : depuis que nous avons le bonheur de vivre sous vos Loix, l'Eglise n'a cessé de trouver en vous un Protecteur ; & dans l'obligation indisponsable où sont aujourd'hui ses Ministres, de Vous représenter ses droits, ils ne fondent pas moins leur confiance sur votre attachement à la Religion, que sur la justice de leurs très-respectueuses remontrances.

Les Biens Ecclésiastiques n'ont point été nommement compris dans l'Edit que V. M. a jugé nécessaire de faire publier pour la levée du Vingtiéme ;

&

& s'il fe rencontre dans cette Loi des expreffions dont la generalité auroit pû nous allarmer, les Actes clairs & folemnels, qui confirment nos Immunités, nous paroiffoient plus que fuffifans pour diffiper nos craintes.

Oui, Sire, remplis de la confiance qu'infpire une poffeffion foutenue des Titres les plus autentiques, nous étions tranquilles fur les fuites de cet Edit, lorfque les Intendans de Metz & de Perpignan ordonnerent que tous les Eccléfiaftiques de leurs Generalités fourniroient des déclarations de leurs Biens pour être foumis à la Loi du vingtiéme.

Des Ordonnances qui bleffent le Clergé dans une de fes prérogatives les plus effentielles, ne pouvoient manquer d'attirer toute fon attention; il en porta fes plaintes aux pieds du Trône, & nous ofions efperer que le tems de notre Affemblée feroit marqué par des effets de votre protection, qui ne laifferoient fubfifter aucunes traces de ces entreprifes.

Cependant, Sire, non-feulement les Commiffaires de V. M. ne nous ont point raffuré contre la crainte d'être

imposés au vingtiéme ; mais les principes qu'ils ont avancés dans leurs difcours tendent au renverſement entier
de nos Immunités.

Ces Immunités, Sire, prennent leur
fou ce dans la conſécration de nos
biens ; l'effet de cette conſécration, eſt
de les retirer du commerce, de les ap-
pliquer irrévocablement aux œuvres
de Religion, & de rendre illégitimes
tous les changemens qui ſeroient faits
dans leur deſtination ſans le conſentement de l'Egliſe. Les Commiſſaires
de V. M. n'ont paru admettre aucune
différence entre les Biens profanes, &
ceux qui ſont conſacrés à Dieu ; & ils
n'ont déſigné que comme des tributs
d'obéiſſance & de néceſſité, des dons
qui ne ſont permis qu'autant qu'ils ſont
libres & volontaires.

Ce motif ſeul a pû retarder juſqu'à
ce jour notre empreſſement à executer vos volontés ; & nous ne nous pré-
ſentons devant V. M. que pour la ſup-
plier inſtamment de nous rendre une
liberté qui nous eſt néceſſaire, pour
lui témoigner notre zele.

Sire, l'Egliſe affligée des mêmes con-
tradictions, ne reclama jamais en vain

la Juſtice & la pieté de vos Ayeux ; &
ſi elle éprouve aujourd'hui des difficultés à obtenir les mêmes conſola-
tions, nous ſommes bien éloignés d'en
conclure que V. M. ait moins d'amour
& d'attachement pour elle. Nous
craindrions plutôt, Sire, qu'on ne
vous eût fait enviſager nos Immunités,
comme des erreurs qui auroient pris
leur ſource dans l'ignorance des ſié-
cles groſſiers, & dont il auroit été
donné à des tems plus éclairés de reconnoître l'abus, tout au plus comme
des coutumes arbitraires, qui auroient
varié au gré de la politique des Rois,
& qui ne ſe trouvant pas liées à la Religion par des nœuds néceſſaires,
pourroient être détruites ſans aucun
préjudice, comme elles auroient été
conſervées ſans aucun avantage pour
elle.

Voilà, Sire, ce qui allarme ſi juſte-
ment le Clergé de votre Royaume, &
ce qui le conduit aujourd'hui au pied
du Trône de V. M. pour lui repréſenter avec plus d'étendue qu'il ne l'a fait
juſqu'à préſent, le fondement & les
titres de ſes Immunités & de ſes Fran-
chiſes.

Les Biens Ecclefiaftiques font des Biens offerts, donnés à Dieu; & c'eft une maxime conftante que ce qui a été confacré une fois au culte de la Divinité, eft faint, & ne peut plus, fans le confentement des Miniftres de la Religion, être appliqué à d'autres ufages.

Nous ne rapporterons pas ici les faits qui prouvent que cette vérité a été commune à toutes les Religions, & connues de tous les peuples. Il nous fuffira de dire, qu'après avoir pris fa fource dans le droit naturel, qui feul peut l'avoir manifeftée à toutes les nations elle eft devenue de précepte pofitif fous l'ancienne Loi, & que ce précepte eft du nombre de ceux que l'Eglife de J. C. a regardé comme toujours fubfiftans depuis l'abrogation de la Loi mofaïque.

La confecration des offrandes faites à Dieu, ne fe borne pas aux perfonnes & aux chofes qui approchent de plus près les autels : *a Omne quod Domino confecratum fuerit, five homo fuerit, five animal, five ager .... Sanctum Sanctorum erit Domino.* C'eft le vœu qui confacre les objets voués ; & quand ce vœu a

_a_ Lévitique.

été accepté de Dieu par le ministere de son Eglise, & autorisé par les Loix du Souverain, soit qu'il affecte les personnes, les meubles ou les fonds, il les retire du commerce, il leur imprime un caractere inviolable de sainteté.

C'est sur ces principes que les Peres & les Conciles se sont constamment appuyés, pour enseigner que les Biens profanes, dès qu'ils passent au pouvoir de l'Eglise, deviennent d'une autre nature. Ils les appellent, les biens de Dieu; ils disent que le monde n'a plus de droit sur eux, que les Ministres de l'Eglise peuvent seuls en être les Economes & les Dispensateurs; & que c'est à eux exclusivement qu'appartient le droit d'interpréter ou de changer la destination qui en a été faite par la pieté des Fideles.

L'Eglise en s'exprimant ainsi sur la nature & l'emploi de ses Biens, n'a pas prétendu seulement proscrire & caracteriser l'injustice de ceux qui les usurperoient; elle a prévu le cas de l'utilité publique; & sans y préjudicier, elle a posé à cet égard, des Loix qui tiennent les consciences de ses Ministres, & qui ont été respectées de tous les tems par les Souverains.

a Le Concile de Trosly tenu en 909. celui d'Avignon en 1209. celui d'Angers en 1365. celui de Cologne en 1536. celui de Milan en 1565. & une foule d'autres Conciles particuliers, décident que les biens offerts à Dieu, & consacrés à son culte, sont exemts de toutes charges. Ils ajoutent que cette exemption est aussi ancienne que l'Eglise ; qu'elle est fondée sur la nature & la destination de ses Biens ; qu'elle intéresse le droit naturel & divin.

Les Conciles généraux, dont l'autorité nous impose des obligations encore plus étroites, ne s'expliquent pas pas moins clairement.

b Le quatriéme Concile de Latran, défend sous les peines les plus rigou-

a Trosly tome neuf des Conciles du Pere Labbe. page cinq cens vingt-quatre. Avignon tome onze , partie premiere , page quarante-quatre. Angers tome onze , partie deux , page mil huit cens cinquante-cinq. Cologne tome quatorze , page quatre cens quatre-vingt-quatorze. Milan tome quinze , page trois cens quatre. Bade tome onze , partie premiere , page mil quatre-vingt-dix-sept. Saltsbourg , tome onze , partie deux , page deux mil six cens soixante-cin .

b Latran tome deux , partie premiere , page cent quatre-vingt-treize.

reufes, toutes levées fur les biens de l'Églife, à moins que le Clergé n'y ait donné fon confentement.

c Celui de Conftance, fi refpecté parmi nous, exige le confentement du Clergé National, & l'approbation du Pape, laquelle avoit paffé en ufage depuis long-tems.

d Le Concile de Trente renouvelle tous les Canons faits par les précedens Conciles fur ce fujet. Il avertit & exhorte les Princes de conferver les Immunités de l'Églife & de les faire refpecter par ceux qui leur font foumis.

Tout ce que nos Prédeceffeurs nous ont laiffé de monumens Ecclefiaftiques depuis deux cens ans, prouve que le Clergé de France a conftamment profeffé la même doctrine, & tenu le même langage : Nous voyons l'Affemblée de 1650. s'élever contre un Livre intitulé, *Remontrances au Roi fur le pouvoir que Sa Majefté a fur le temporel de l'Etat Eccléfiaftique :* Elle le condamna avec éclat, & par la cenfure folemnelle qu'elle en fit, elle vengea la Religion de la témerité d'un Auteur, qui avoit

<hr>

c Conftance Seff. quarante-trois.
d Trente, tome quatorze, p. neuf cens feize.

oſé avancer que les Princes peuvent à leur gré diſpoſer des biens de l'Egliſe ſans le conſentement du Clergé.

Sire, l'autorité d'où ſont émanées tant de déciſions reſpectables, eſt celle qui a été établie par J. C. pour guider les Rois & les Peuples dans la voie du ſalut. Nous ſommes obligés non-ſeulement de conformer notre conduite à ces déciſions ; mais encore de les propoſer pour regle ; & quand nous enſeignons cette doctrine, nous ne faiſons que rappeller des maximes avouées, reconnues, reſpectées, dès les premiers tems par nos Rois & par tous les Ordres de la Nation.

e Nous ſçavons, diſoient les Seigneurs & le Peuple, dans une Requête qu'ils préſentoient à Charlemagne que les biens de l'Egliſe ſont biens ſacrés, qu' Is ſont l'oblation des Fidéles, & que celui-là ſe rend coupable de ſacrilége, qui prétend les enlever aux Egliſes auſquelles ils ont été donnés.

f Les Capitulaires de nos Rois rappel-

e Requête à Charlemagne, tome premier des Capitulaires, p. quatre cens cinq.

f Capitulaires. Liv. 6. chapitre quatre cens quatre. Liv. 6. chapitre quatre cens ſept Liv. 5. chapitre trois cens trente-neuf. Liv. ſept, chapitre cent quarante-deux.

lent inceſſament la même maxime. Ils reconnoiſſent non-ſeulement que les Sacrifices offerts par les Prêtres, mais encore toutes les offrandes faites par les Fideles, ſoit en meubles, ſoit en immeubles, ſont indubitablement conſacrés à Dieu. Ils enſeignent que c'eſt aux Miniſtres ſeuls de la Religion qu'appartient le droit d'en diſ-poſer. Ils condamnent dans les termes les plus forts ceux qui violeroient l'Immunité de l'Egliſe en levant des taxes ſur ſes biens; ils déclarent les Princes plus inexcuſables que les autres, parce que les biens Eccleſiaſtiques ſont particulierement ſous leur protection.

Nos Souverains ont non-ſeulement toujours reconnu les principes ſur leſquels ſont fondées les Immunités de l'Egliſe; mais ils ont encore ſignalé leur pieté en protegeant les défenſeurs de ſes droits. *g Pendant que S. Thomas de Cantorbery étoit banni d'Angleterre*, dit M. Boſſuet, *comme ennemi des droits de la Royauté, la France plus équitable le recevoit en ſon ſein, comme le Martyr des Libertés Eccleſiaſtiques. Nos Rois donne-*

---

g Boſſuet Serm. édit. de mil ſix cens quatre-vingt-deux p. cinquante.

rent cet exemple à tout l'univers. Le même Prélat dit ailleurs en parlant encore de saint Thomas *h, plus la cause que ce saint Martyr soutenoit a paru douteuse & équivoque aux politiques & aux mondains, plus la divine puissance s'est déclarée d'enhant en sa faveur.*

Dès le commencement de la Monarchie, nos Rois avoient fait passer en pratique les principes que nous avons établis : quoique l'Immunité des Biens Ecclesiastiques fût appuyée sur leur nature, l'Eglise avoit besoin pour en jouir que le Prince la reconnût & l'autorisât. L'Histoire nous fournit plusieurs exemples de concessions, par lesquelles nos premiers Rois assurerent aux Eglises des Gaules l'Immunité dont elles avoient joui sous les Empereurs Romains.

Il se tint en 511. un Concile à Orléans dans lequel on voit que Clovis *accorda l'Immunité, tant pour les offrandes & terres qu'il avoit deja données à l'Eglise, que pour celles que Die dans la suite pourroit lui inspirer de donner.*

i Clotaire dans les premieres années

h Hist. des Variations, Liv. sept, n. CXIV.
i Gregoire de Tours, Liv. quatre, art. deux.

de son regne, voulant exiger des Ecclesiastiques la troisiéme partie de leur revenu, assembla les Evêques, & les força de donner leur consentement. Il jugea donc que ce consentement lui étoit nécessaire : en faudroit-il d'avantage pour prouver que ce Prince reconnut, respecta, du moins extérieurement, les Immunités de l'Eglise dans le tems même qu'il avoit résolu de les violer ? La suite de l'Histoire rend ce fait encore plus favorable au Clergé : Injuriosus Evêque de Tours représenta à Clotaire l'injustice des ordres qu'il avoit donnés ; le Roi touché de ses remontrances révoqua l'Ordonnance qu'il avoit portée & condamna ce qu'il avoit fait ; il confirma même, il étendit encore dans la suite les Priléges de l'Eglise, défendant à ses Officiers de rien exiger des biens, ni des personnes Ecclésiastiques, lesquelles *avoient merité de son Ayeul, de son Pere & de son Frere l'Immunité.*

l Les Capitulaires renferment des dispositions encore plus précises ; *toutes les Terres appartenantes à l'Eglise,* est-il dit au chapitre 109. du livre

l Capitul. tome 1. p. 8.

fixiéme, *ne feront affujetties à payer au-*
cun cens, fi ce n'eft pour la conftruction des
chemins & des Ponts fitués dans les en-
droits qui lui appartiennent. Voulons que
dans tout le refte lefdits biens jouiffent d'u-
ne pleine & entiere Immunité.

Sans entrer dans un plus grand détail
des preuves que pourroient nous fournir ces tems éloignez, nous nous con-
tenterons de rapporter ce qu'en a pen-
fé Jerôme Bignon, ce Magiftrat fi inf-
truit & fi zelé défenfeur des droits de
votre Couronne. *m Nos premiers Rois,*
dit-il en parlant de l'Eglife, *lui ont ac-*
cordé une très-pleine Immunité, & l'on
peut dire que fi cette même Immunité eft
devenue commune à toutes les Eglifes,
nos Princes en font les auteurs par l'exem-
ple qu'ils en ont donné aux autres Souve-
rains.

Ces privileges, Sire, dont l'origine
eft facrée, qui ont été confirmez par la
pieté de nos premiers Rois, n'ont pas
été moins refpectez par leurs Succef-
feurs; & fi dans les annales de cette
longue fuite de fiecles qui fe font écou-
lez depuis Clovis jufqu'à Vous, il fe
rencontre certains faits dont on vou-

m **Liv.** 1. chap. 3.

droit

droit tirer avantage contre une poffeffion que nous reclamons , nous
ofons affurer V. M. que les entreprifes faites fur les Immunitez Ecclefiaftiques ont été rares , qu'elles ont pris
leur fource dans le malheur des tems,
& que la fuite en a été plus communé-
ment avantageufe , que fatale à l'E-
glife.

Charles Martel avoit diftribué à fes
Officiers les biens de plufieurs Eglifes:
à la mort de ce Prince le Clergé en demanda le reftitution , & elle fut ordonnée dans une Affemblée générale de
la Nation, qui fe tint en 742. " Cependant Carloman, qui étoit obligé
de foutenir encore la guerre, & qui
dépendoit par-là en quelque forte des
Officiers, à qui fon pere avoit donné
les biens de l'Eglife, craignit d'en étre
abandonné s'il les leur failoit reftituer.
C'eft pourquoi il affembla de nouveau
les Evêques à Leptine; & là pour concilier les droits de l'Eglife avec les mé-
nagemens dùs aux interêts de la Couronne , il fut réfolu du confentement
des Evêques, que les Biens Ecclefiaftiques demeureroient à titre de pre-

" Tome 1. des Capitul. p. cent quarante-cinq.

caires entre les mains de ceux qui en étoient en possession ; c'est-à-dire, qu'ils en conserveroient la jouissance leur vie durant seulement, & à condition d'en payer une redevance annuelle aux Eglises. Que dans le cas où la nécessité des circonstances exigeroit la prolongation du precaire, il seroit renouvellé avec les mêmes clauses ; & qu'enfin si les Eglises & les Monasteres en souffroient un trop grand préjudice, leurs biens leur seroient entierement restitués.

Ce fait, Sire, rapporté dans son étendue & avec la plus grande fidelité ; ne sommes-nous pas en droit d'en conclure qu'il est plus propre à établir les Immunités Ecclesiastiques qu'à les renverser ?

Si nous sortons de ces tems obscurs pour entrer dans des tems plus connus, nous ne trouverons presque pas de regne où l'Immunité des biens Ecclesiastiques n'ait été confirmée par nos Rois.

Philippe Auguste assemble les Evêques en 1188. pour leur demander des secours. Le Clergé consent de

^a Tome 1. des Capitul. p. cent quarante-neuf.

payer pour une année feul_ment la Dixme Saladine.

Les Croifades occafionnerent fouvent de femblables Dons gratuits ; mais on ne fit jamais aucunes impofitions fur les biens ecclefiaftiques fans l'aveu du Clergé & fouvent même fans la permiffion du Pape.

Louis VIII. a befoin de fecours extraordinaires : les Légats du Pape convoquent une Affemblée à Bourges, dans laquelle il n'y eut rien de terminé fur le Don qu'on feroit au Roi, parce que les Députés ne fe trouverent pas fuffifamment autorifés à y donner leur confentement.

L'Affemblée rompue , & le Clergé connoiffant le pieux ufage que le Roi vouloit faire du Don gratuit qu'il avoit demandé , le lui accorda cependant : mais ce fut le fruit de fon zele & de fa liberalité *p* , *cum gaudio animi de purâ liberalitate.*

Saint Louis , Sire, fut un de ces Monarques accordés à la terre pour fervir de modele aux Princes Chrétiens. La Monarchie le compte dans le nombre

p Rainaldus, n. cinquante-fix & cinquante-fept, an. mil deux cens vingt-fept.

F ij

de ſes plus grands Rois, & l'Egliſe le
révere comme un Saint. Nous liſons
dans l'Hiſtoire de ſon regne, qu'il aſ-
ſembla les Evêques pour leur demander des ſecours contre les Albigeois.
Voici la reponſe qu'ils firent: q *Les Prélats voyant que le Saint Siege eſt vacant,
quoiqu'il ne ſoit pas tenu de droit à fournir
aucun ſecours par le commandement d'aucunes perſonnes ſeculieres ; conſiderant cependant que les tems ſont malheureux, &
qu'il faut ſe relâcher des regles dans les ca-
lamites publiques, s'engagent unanimement
à payer, dans un terme très-court, la ving-
tieme partie de leurs revenus de cette année.*
r Comment ſaint Louis auroit-il pû,
ou voulu conteſter à l'Egliſe ſes Immunités, lui qui les avoit ſolemnellement
approuvés, confirmées par ſon Ordonnance dé 1268 ? Lui, qui après avoir
conſtamment aimé, protegé les Miniſtres de la Religion durant ſa vie, ſe
fit encore un devoir de les recommander
à l'Heritier de ſa Couronne, à
l'heure de ſa mort: r *Aime*, lui dit-il,
*tous gens d'Egliſe & de Religion, & prens
garde qu'on ne leur tolliſſe leur revenu.*

q Matt. Paris. Le P. Thomaſſin, troiſiéme vol.
p. trois cens quarante-un.
r. Teſt. de S. Louis.

dons & aumônes que tes anciens & devan-
ciers leur ont laissé & donné.

Sire, vous professé la même Religion que Saint Louis, Vous occupez
le même Trône, c'est le même sang
qui coule dans vos veines ; & si les sentimens de ce grand Prince sont devenus
presque aussi étrangers à notre siécle,
que le langage qui les exprime ; où
pouvons-nous espérer de les retrouver
que dans le cœur de V. M.

Tout le monde sçait le différent qui
s'éleva entre Philippes-le-Be. & Boniface VIII. au sujet de la Bulle, que ce
dernier avoit donné pour défendre
toutes levées de deniers sur les biens
du Clergé. *s Quel est l'homme sensé &*
raisonnable, disoit Philippe-le-Bel dans
la réponse qu'il fit au Pape, *qui puisse*
concevoir qu'il soit juste de défendre, sous
peine d'anathême, au Clergé enrichi par
la devotion des Princes, de les aider selon
ses moyens contre les persecutions injustes,
soit par forme de Don gratuit, soit par for-
me de Prêt ou de Subvention?

Le Roi étoit donc persuadé qu'on
avoit défendu au Clergé de son Royaume de l'aider dans quelque forme que

ce pût être, même par maniere de Don gratuit & de prêt ; c'étoit donc cette disposition trop génerale de la Bulle qui l'avoit blessé ; & si Boniface n'avoit interdit que les subventions forcées & involontaires , Philippes auroit-il pû se plaindre ? Il reconnut lui même par son Ordonnance du 15 Août 1303. addressé à l'Eveque d'Amiens, que la décime que les Evêques lui avoient accordée , étoit l'effet d'une liberalité toute volontaire & d'un zele purement gratuit , *t devotionem gratuitam , & gratitudinem liberalem.*

La suite & le dénouement de cette querelle acheveront de prouver , que l'intention du Monarque n'avoit jamais été de déroger à ces principes. Les Archevêques & Evêques de la Province de Reims, pressés d'une part de donner à leur Souverain des marques de leur zele ; génés d'un autre côté par la Bulle de Boniface, lui préfenterent les suites fâcheuses qu'elle pouvoit avoir , & le conjurerent d'en donner une explication. Le Pape par une nouvelle Bulle de 1297. adressée au Roi, répond qu'il n'avoit jamais

t Tome 1. des Ordonnances, p. 382.

prétendu défendre aux Eccléſiaſtiques de l'aider dans les néceſlités preſſantes de l'Etat ; & que cette interprétation n'a pû être donnée à ſa premiere Bulle que par des eſprits prévenus & mal intentionnés. *C'eſt pourquoi*, ajoute-t-il, *pour lever toute ambiguité & faire éclater la verité dans tout ſon jour, nous déclarons par l'autorité des préſentes, que la défenſe faite par notre premiere Conſtitution, ne s'étend point aux Dons gratuits, aux prêts où à tous autres ſecours offerts librement par les Evêques & autres Eccléſiaſtiques, pourvû qu'il n'y ait aucune contrainte ; & quand bien même, Vous ou vos ſucceſſeurs, commenceriez par leur en faire la demande, ou que vous la leur feriez faire par vos Officiers, Ducs, Comtes, Barons & autres Seigneurs.*

Le Souverain Pontife ne pouvoit pas s'expliquer plus clairement ſur ce qui étoit dû au Roi, à l'Etat & aux Immunités de l'Egliſe Peut-on dire que les diſpoſitions de la Bulle ayent été ignorées ou déſavouées par Philippes-le-Bel? N'eſt-on pas en droit au contraire de penſer, que toutes les expreſſions en avoient été ſcrupuleu-

sement pesées ; & peut-être concer-
tées , puisque cette Bulle avoit été
destinée à être le sceau de la reconciliation , & qu'elle procura en effet la
paix qu'on s'en étoit promise.

Ce sont donc , Sire , les traits mêmes de notre Histoire , dont on prétend se servir pour détruire l'Immunité des biens ecclésiastiques , qui en
établissant le plus solidement la possession & l'autenticité.

Clement V. donna une Bulle en
1305. pour autoriser le Roi à lever
pendant cinq ans la dixme des revenus ecclésiastiques. Les Papes Jean
XXII. & Benoit XII. accorderent pareillement plusieurs décimes à Philippes de Valois , & l'on voit cette forme subsister jusqu'à François I. Cette
autorisation du Souverain Pontife
avoit passé en usage sur ce principe ,
que le Pape , comme chef de l'Eglise,
étoit le principal administrateur de
ces biens. Cependant elle ne fut jamais regardée comme exclusive , ou
même comme séparable du consentement du Clergé de la Nation.

Le Parlement de Paris fut toujours
si persuadé de la nécessité de ce con-

sentement, qu'il refusa d'admettre la clause *invitis vel contradicentibus Clericis*, lorsqu'elle se trouvoit dans les Bulles obtenues par les Rois pour la evée de quelques décimes sur les biens du Clergé.

Il n'y a point de Royaume si florissant, Sire, dont les Annales ne rappellent quelque époque malheureuse ; & s'il y a un tems où toutes sortes de Privileges & de Loix doivent céder à la nécessité des conjonctures, c'est celui sur-tout où l'Etat frappé dans la personne du Monarque, se trouve menacé d'une prochaine dissolution.

La France avoit perdu sa liberté avec celle de François I. à la funeste journée de Pavie. Les enfans de ce Prince, unique espérance de la monarchie, avoient été mis en ôtage entre les mains des Espagnols. Le Roi consulte le Parlement de Paris & plusieurs Membres des autres Parlemens du Royaume, sur l'execution du Traité qu'il avoit signé à Madrid, & sur les moyens de pourvoir à la rançon des Princes. Le Parlement fut d'avis que le Roi pouvoit lever deux millions d'or sur tous ses Sujets, & que les

Eccléfiaftiques comme ceux des autres Ordres devoient y contribuer.
Cependant les Evéques qui fe trou-
voient alors à Paris & que François I.
avoit confultés ur le même fujet, pri-
rent la refolution d'offrir au Roi un
fecours confidérable ; & la propofition en fut faite au Lit de Juftice par
le Cardinal de Bourbon, qui dit : *que
tous les Evêques d'un commun accord &*
d'un même vouloir, avoient couclu que la
matiere paroiffoit fi jufte & fi raifonnable,
que l'Eglife pouvoit juftement & fainte-
ment donner & faire préfent audit Sei-
gneur de la fomme de treize cens mille
francs. Cette offre fut acceptée ; & dans
le plus grand malheur qu'ait jamais
éprouvé la France, lorfque le falut de
l'Etat & la délivrance de la Famille
Royale pouvoient faire taire toutes les
Loix, l'Immunité des biens eccléfiaftiques ne fouffrit aucune atteinte.

On nous oppofera peut-être des
Lettres Patentes données fous ce même Regne, pour faire faifir le temporel des Eccléfiaftiques, & en appli-
quer le tiers ou la moitié au profit du
Roi.

Mais qui ne fçait que ces prétendûès Lettres Patentes dont il ne reste qu'une seule copie, n'ont jamais eu ni autenticité ni execution ? Qui ne sçait que François I. qui avant la guerre d'Italie, avoit plusieurs fois r connu l'Immunité des biens ecclésastiques par les demandes des Décimes qu'il avoit faites à Leon X. & à diverses Assemblées Provinciales du Royaume, maintint toujours le Clergé dans la liberté de ses Dons ? Nous avons plusieurs de ces Ordonnances postérieures aux Lettres Patentes qu'on nous oppose : les secours que le Roi demande aux Evêques y sont constamment appellés volontaires & gratuits.

On trouve dans les Registres du Parlement une infinité d'autres Lettres Patentes données depuis deux cens ans pour autoriser les Deliberations de nos Assemblées ; elles sont certainement plus autentiques & plus dignes d'être citées que celles de François I. de l'an 1534. Toutes établissent en termes précis la gratuité des secours du Clergé.

La Déclaration de Charles IX. rendue le 13 Juin 1568. renferme quelque chose de plus décisif encore : *N'en-*

iens liens, dit ce Prince, *que les Eccléfiaf-*
tiques Beneficiers de notre Royaume,
foient chargez & tenus de payer les Im-
pofitions & deniers qui feront levez fur nos
Sujets & Peuples en quelque forte & ma-
niere que ce foit, finon pour le regard des
biens patrimoniaux qu'ils tiendront & pof-
féderont feulement, fans qu'ils puiffent être
impofez en Corps ni en particulier pour
raifon de leurs Benefices & biens qui en
dépendent.

L'Immunité des biens de l'Eglife
avoit tellement paffé en maxime du
Royaume, que lorfque Charles IX.
vint lui-même au Parlement pour y
faire autorifer l'aliénation de quelques
portions de biens eccléfiaftiques, l'A-
vocat General du Mefnil, parla en
ces termes dans fon Réquifitoire : *Et*
certes l'on fe pourroit remettre devant les
yeux, que és Etats des anciennes Mo-
narchies & pareillement celle de France,
avoit été toujours tenu pour regle & ma-
xime generale, que les biens confacrez à
l'Eglife, meubles & immeubles, felon
qu'ils les ont eu par diverfité de tems, doi-
vent être reputez inviolables, hors d'ufa-
ge & commerce des hommes ; tant &
toutefois qu'en chacune defdites Republi-
ques

*ques & Monarchies se peut remarquer
que par tems & occasion , la nécessité
avoit en cet endroit , comme en tous autres , forcé & vaincu la Loi , contre la
volonté des Rois , Princes , Monarques
& Peuples politiques.*

Sire, tel est le langage d'un Magis-
trat chargé des interêts , publiques &
de la conservation des Droits sacrés
de votre Couronne.

Les Rois Henri III. Henri IV. &
Louis XIII. ont confirmé par des Déclarations les Immunités dont le Clergé étoit en possession. Les Procès verbaux de nos Assemblées prouvent que
sous leurs Regnes nos Dons ont tou -
jours été gratuits , & ne nous ont jamais été demandés que comme des
témoignages de notre zele & de notre
affection.

Les Commissaires de votre auguste
Bisayeul en 1655. voulurent intro-
duire dans l'Assemblée un langage
nouveau. Celui qui portoit la parole
avança des maximes peu favorables
aux Immunités de l'Eglise ; l'Assemblée justement allarmée fit au Roi ses
plus humbles représentations , & elle
eut la consolation d'être rassurée par

G

la bouche de S. M. qui voulut bien dire : *u* » Qu'il étoit en la liberté du » Clergé d'accorder ou de refuſer ce » qu'elle lui avoit fait demander ; » qu'auſſi elle ne conſideroit ce Don » qu'il lui faiſoit que comme une pure » gratification.

Le même Commiſſaire du Roi dans l'Aſſemblée de 1660. hazarda encore les mêmes principes, & ſur les plaintes que le Clergé en porta à S. M. elle eut la bonté d'écrire une lettre à l'Aſſemblée, dans laquelle elle lui mande n'avoir donné aucun ordre aux Commiſſaires de ſon Conſeil *v* » que de la » convier à lui accorder un ſecours » prompt & conſidérable dans la né-» ceſſité preſſante de ſes affaires, par » pure gratification.

Ces ſentimens de Louis XIV. ne varierent point dans la ſuite de ſon Regne : ſi des beſoins preſſans l'obligerent en 1695. & en 1701. d'établir une Capitation générale ſur tous ſes Sujets, les Eccléſiaſtiques en furent exempts. Lorſqu'en 1710. il ſe

_____

u Procès verbal de mil ſix cens cinquante-cinq, p. mil deux cens quarante-un.
v Procès verbal de mil ſix cens ſoixante, p. trois cens vingt-ſix.

trouva forcé d'exiger le Dixiéme de tous les revenus de fon Royaume, non-feulement les biens de l'Egiife ne furent point affujettis à cette impofition; mais par le Contrat qu'il plût à S. M. de paffer avec le Clergé le 13 Juillet 1711. & par fa Declaration du 14 Octobre de la même année ; elle reconnoît que ces biens *n'ont pû y être compris.*

Ce font, Sire, les principes, qu'à l'exemple des Rois vos prédeceffeurs, & de votre augufte Bifayeul en particulier, V. M. a fuivis jufqu'à ce jour. Qu'elle nous permette de lui rapoeller ici les Contrats folemnels que le Clergé eut l'honneur de paffer avec Elle le 29 Mars 1734. & le 27 Mai 1742. *Promettent, eft-il dit, & accordent lefdits Seigneurs Commiffaires, que tous les biens Eccléfiaftiques n'ont été & n'ont pû être compris dans la Déclaration du dixiéme ; de forte que tous les biens qui appartiennent actuellement à l'Eglife, & ceux qui leur appartiendront ci après, en demeurent & demeureront exempts à perpetuité, tant pour le paffé que pour l'avenir, fans qu'ils puiffent y être affujettis, pour quelque caufe & occafion que ce*

G ij.

puisse être, sans aucune reserve ni excep-
tion.

La Déclaration qu'il plût à V. M. d'accorder au Clergé, le 8 Octobre 1726. est un monument encore plus solemnel de sa pieté & de son amour pour l'Eglise. Nous nous dispenserons d'en remettre la teneur sous les yeux de V. M. Il nous suffira de dire que tous les cas y sont prévûs ; que les expressions les plus fortes y sont employées pour déclarer que *jamais les Biens Ecclésiastiques n'ont pû, ni ne pourront être assujettis à aucune Imposition ou levée de fruits ni de deniers.*

Sire, nous avons fait passer sous les yeux de V. M. les monumens de notre histoire, qui constatent l'ancienneté & la perpetuité des prérogatives, dans lesquelles nous demandons à être maintenus ; & quand nous ne considererions les Immunités Ecclésiastiques, que comme un simple privilege du premier Corps de la Nation, ne serions-nous pas autorisés à dire qu'il a acquis tous les caracteres capables d'en fixer l'immutabilité ? Origine aussi ancienne que la Monarchie, reste précieux de ces premiers usages, possession constante, témoignage de tous les siécles, engagemens sacrés, loix autentiques & mille fois renouvellées. Sur quel autre fondement sont établis la proprieté fixe, incommutable des biens, la sûreté des Contrats, l'ordre des conditions, la stabilité des fortunes, le repos & le bonheur des peuples ?

Mais nous vous avons présenté encore des considérations plus propres à nous rassurer ; parce qu'étant tirées de la Religion, elles sont plus capables d'intéresser en notre faveur la pieté de V. M. Nos biens sont voués, consacrés à Dieu ; c'est à l'entretien des Temples, à la décence des Autels ; c'est à la subsistance des Ministres de Jesus-Christ & au soulagement des pauvres, que ces biens doivent être employés. Est-il une destination plus sainte & plus respectable ? N'est-elle pas même toute entiere à l'avantage & à la décharge de l'Etat ? L'Eglise peut & doit secourir l'Etat ; mais c'est au Clergé à juger si ce qu'on lui demande pour la Patrie ne porteroit pas un trop grand préjudice au culte extérieur de la Religion.

Sire, quand le Clergé se seroit pré-
valu de ces maximes, pour témoigner
à V. M. moins de zele que ses autres
Sujets, elles n'en seroient ni moins sa-
ges, ni moins certaines ; nous serions
seuls coupables d'en avoir abusé : mais
peut-on nous reprocher d'être moins
ardens que les autres Corps de l'Etat,
pour le bien de votre service ? Epuisés
par les efforts que nous avions faits au
commencement de la guerre, nous
n'avons jamais craint d'ajouter un
nouveau poids aux différens fardeaux
que nous nous étions imposés ; & nous
pouvons assurer que la partie du Clergé, même la plus soulagée, porte des
charges plus considérables, que ne
font celles des autres Ordres du Royaume. Il est vrai que nos secours sont
volontaires ; mais pour être volontaires, ils ne perdent certainement rien
de leur merite aux yeux d'un Prince
moins jaloux de sa puissance, que de
l'amour de ses Sujets.

Non, Sire, il n'est pas à craindre
que les Ecclésiastiques veuillent jamais
s'autoriser de leurs Immunités pour en
devenir citoyens moins genereux &
moins zelés. S'il y a aujourd'hui un

écueil à redouter, c'est qu'à force de
se familiariser avec l'usage des biens
de l'Eglise, on ne perde de vûe leur
sainte destination. C'est que le cas de
nécessité, qui seul donne droit d'y
avoir recours, ne dégenere en habitu-
de ; & que le desire de plaire à ses
Princes, ne fasse illusion au Clergé
lui-meme sur les loix du dépôt qui lui
a été confié.

L'objet de nos représentations, Sire, interesse la Religion par lui meme
& dans ses suites, Nous oserons vous
dire, que les moindres nouveautés in-
troduites dans ses maximes & dans ses
usages, l'exposent à de grands dan-
gers ; des Etats voisins nous en four-
nissent des preuves trop funestes, &
s'il y a jamais eu un tems où ces exemples ayent dû nous effrayer, c'est sans
doute celui où nous vivons.

Une affreuse philosophie s'est répan-
due comme un venin mortel, & a
seché la racine de la Foi dans presque
tous les cœurs. Le scandale de l'impieté enhardie par le nombre & la qua-
lité de ses partisans, ne garde plus de
mesures. Des Ecrits pleins de blasphê-
mes se multiplient tous les jours ; ils

bravent la vigilance des Magiftrats &
le zele des Pafteurs. Sire, vous devez
aujourd'hui à la Religion une protection plus éclatante que jamais, parce
qu'elle n'a jamais été auffi vivement
attaquée ; & les marques de votre attachement, qui dans tous les tems lui
ont été infiniment précieufes, lui font
aujourd'hui indifpenfablement néceffaires.

Nous lifons dans les Actes du Concile tenu à Thionville fous Charles-le-
Chauve en 845. cette priere adreffée
à trois grands Princes par les Evêques
affemblés. *Nous vous conjurons avec
inftance*, difoient ces Prélats, *de ne
point oublier la protection que les Rois vos
prédeceffeurs ont accordée à l'Eglife, ce
qui a attiré la protection de Dieu fur leur
Gouvernement, & leur a merité de vain-
cre leurs ennemis. Nous vous conjurons de
vous rappeller, que lorfque l'Egypte fut
contrainte de payer à fes Rois le cinquiéme
de fes revenus, les Prêtres des faux Dieux
furent exceptez de cette loi, qu'ils le furent par le confeil de Jofeph, le plus fage
& le plus éclairé de tous les Miniftres.
Princes chers à l'Eglife, qui avez été
nourris dès votre enfance du lait de la pa-*

role de Dieu, qui avez puisé la science du
salu dans les saintes Ecritures, où vous
trouvons cet exemp'e de Religio de la
part d'un Prince infidele, ne souffre point
qu'on enleve à l'Eglise les biens & les
avantages dont elle jouit; ne souff e point
qu'on la dépouille de cet éclat extérieur,
qui est comme la robe dont fut revêtu J. C.
son divin époux.

Vous les voyez, Sire, ces mêmes
Ministres de la Religion, prosternés
aux pieds du Trône, pour vous tenir
le même langage. Ils ne vous demandent que d'être rassurés sur la liberté
de leurs Dons, & sur une Imposition
incompatible avec la nature de leurs
biens. Ils ne vous demandent que la
conservation des Immunités dans lesquelles plus de soixante Rois, vos pré-
decesseurs, les ont constamment maintenus; ils ne vous demandent que d'ê-
tre traité par le Fils aîné de l'Eglise,
comme ils l'ont toujours été par tous
les Princes de l'Univers Catholiques.
Ils ne vous demandent que l'exécution
des engagemens que V. M. a pris au
jour de sa Consécration; Ils ne vous
demandent que la grace de revoir leurs
Eglises sans la douleur de les avoir tra-

hies, & ſans le malheur de vous avoir
déplu.

Ce ſont, Sire, les très-humbles &
très-reſpectueuſes remontrances, que
préſentent à V. M. ſes très-humbles,
très-ſoumis ſerviteurs & fideles Sujets,
les Cardinaux, Archevêques, Evêques, & autres Eccléſiaſtiques députés, compoſans l'Aſſemblée generale
du Clergé de France.

*Du Vendredi 11 Septembre 1750. à
huit heures du matin.*

Monſeigneur le Cardinal de la Rochefoucauld, Préſident.

Monſeigneur le Cardinal a dit :
Qu'il s'étoit rendu hier à Verſailles avec
Monſeigneur l'Evêque de Blois, Meſſieurs les Abbés de Ris, & de Montjouvent, & Meſſieurs les Agens, étant
tous en habit long. Qu'ils avoient été
conduits chez le Roi ſur le midi par
M. le Comte de Saint Florentin ; &
qu'ayant eu l'honneur d'être admis à
l'audience de S. M. ils avoient eu celui
de lui préſenter les Remontrances de
la Compagnie.

Que le Roi les ayant reçus, lui avoit
repondu : » Qu'il ſe feroit rendre

» compte des Remontrances du Cler-
» gé , étant toujours difposé à le trai-
» ter favorablement : mais que fon in-
» tention eft qu'auparavant l'Affem-
» blée prenne une déliberation pofiti-
» ve , fur la demande de fes Commif-
» faires & le plus prómptement , même
» dès demain.

Son Eminence a ajouté ; qu'elle
avoit crû devoir repréfenter fur le
champ à S. M. que les Remontrances
qu'elle avoit eu l'honneur de lui préfenter , avoient (comme elle avoit pris
la liberté de lui dire) pour principal
objet , de lui expofer les motifs de
confcience , qui avoient empéché le
Clergé de prendre une déliberation
précife fur la demande de fes Commiffaires , & que S. M. verroit que dans
ces remontrances , nous étions obligés
de lui expofer que nous ne pouvions
croire nos Dons permis , qu'autant
qu'ils font libres & volontaires.

Monfeigneur le Cardinal a dit :
Que l'Affemblée voyoit par la repon-
fe du Roi , que S. M. vouloit que la
Compagnie prît dès aujourd'hui une
déliberation.

L'Affemblée a ordonné qu'on lui fit

la lecture de la Lettre qu'elle a eu l'honneur d'écrire au Roi, à l'occasion du Discours des Commissaires de Sa Majesté ; de la reponse verbale du Roi à Monseigneur le Cardinal du 2 Septembre, & de toutes les déliberations qui ont été prises en conséquence. Après quoi Messeigneurs & Messieurs ont fait les reflexions les plus sérieuses sur le parti qu'il convient de prendre dans une conjoncture aussi importante ; & l'Assemblée a remis à la Séance de l'après-midi à opiner par Provinces.

Du Vendredi 11 Septembre 1750. a quatre heures de relevée.

Monseigneur le Cardinal de la Rochefoucauld, Président.

Monseigneur le Cardinal a dit : Que l'Assemblée avoit renvoyé à la présente Séance à déliberer par Provinces sur la reponse que le Roi avoit faite hier ; & qui si on l'agréoit, on commenceroit par entendre le Promoteur.

Surquoi M. l'Abbé de Breteuil a di :

Messeigneurs, vous n'êtes pas accoutumés à déliberer plusieurs fois sur les demandes que le Roi vous fait.

Votre

Votre zele & votre empreſſement ont
été dans toutes les occaſions au devant
des deſirs de S. M. Il faut des raiſons
bien puiſſantes pour en arrêter les effets, puiſque l'épuiſement dans lequel
vous vous trouvez, n'auroit pas été
capable de les ſuſpendre. Vous ne
deſirez depuis que vous êtes aſſemblés
que de pouvoir donner à S. M. de
nouvelles preuves d'une fidelité qu'aucune vûe perſonnelle ne peut altérer.
Vous reclamez une liberté que vous
ne pouvez abandonner, & vous ne la
reclamez que pour en juſtifier l'uſage :
Vous avez expoſé au Roi par votre
Lettre les motifs de votre premier dé-
lai avec moins de force & de vivacité,
que le deſir de les voir ceſſer. Vous
vous êtes trouvés dans l'obligation
de mettre encore dans un plus grand
détail, ſous les yeux de S. M. les raiſons de religion & de conſcience qui
ſuſpendoient, malgré vous, une déliberation priſe depuis long-tems dans
tous les cœurs de ceux qui compoſent
cette auguſte Aſſemblée.

Cependant le Roi vous a fait ſçavoir pour la troiſiéme fois, que ſon
intention étoit que vous priſſiez une

Délibération positive sur la demande de ses Commissaires. Je voudrois, Messeigneurs, avoir de nouveaux motifs à vous présenter ; je voudrois pouvoir servir votre empressement à plaire au Roi, en vous offrant pour y parvenir des moyens que vous puissiez adopter. Mais, Messeigneurs, si d'un côté vous ne devez rien oublier pour convaincre toute la France attentive à vos démarches, du respect, de la fidelité & de la soumission que vous devez à un Prince aussi précieux à la Religion qu'à l'État ; vous ne pouvez de l'autre vous dispenser de maintenir & de conserver une liberté que vous avez déclarée ne pouvoir abandonner sans trahir vos consciences. Vous l'avez exposé au Roi : vos raisons toucheront le cœur de S. M. & si les ordres qu'il vous a donnés, n'avoient pas prévenu le compte qu'il doit se faire rendre des respectueuses remontrances qu'il vous a permis de lui faire à ce sujet, j'ai la confiance de croire que vous seriez dès à présent dans l'heureuse possibilité de concilier tous vos devoirs. Par toutes ces raisons, Messeigneurs, je crois que vous devez exam'ner avec la plus grande attention, si dans les circonſtances où vous vous trouvez, vous êtes en état de prendre une Déliberation poſitive ſur la demande des Commiſſaires du Roi; & je requiers que vous déliberiez par Provinces.

La matiere miſe en déliberation, & Monſieur le Promoteur ayant été entendu, l'Aſſemblée opinant par Province, celle de Narbonne étant en tour d'opiner la premiere, a unaninement arrêté : que n'étant point raſſurée ſur la conſervation de ſes Immunités & ſur la liberté de ſes Dons, elle eſt toujours dans l'impoſſibilité de prendre une Déliberation poſitive ſur la demande des Commiſſaires du Roi, par les motifs de Religion & de conſcience expoſés dans ſa Lettre à S. M. & plus amplement détaillés dans ſes reſpectueuſes Remontrances. L'Aſſemblée ſenſiblement affligée de ne pouvoir ſuivre, quant à préſent, les mouvemens de ſon zele pour le ſervice de S. M. eſpere de ſa religion & de ſa juſtice, qu'après s'être fait rendre compte des Remontrances du Clergé, elle voudra bien la raſſurer ſur ſes Immunités, ſur la liberté de ſes Dons & ſur l'impoſition du Vingtiéme.

Du Mercredi 16 Septembre 1750. à huit heures du matin.

Monſeigneur le Cardinal de la Rochefoucauld, Préſident,

Monſeigneur l'Archevêque de Sens a témoigné à Monſeigneur le Cardinal la part que l'Aſſemblée prenoit à ſon indiſpoſition; & combien elle étoit touchée de reconnoiſſance de voir S. E. venir prendre part aux Délibérations de la Compagnie, & les diriger dans la conjonĉture la plus importante & la plus délicate, quoique Son Eminence fût dans un état qui eût dû la retenir chez Elle.

Meſſieurs les Agens ont averti que M. le Comte de Saint Florentin venoit d'arriver, & qu'il demandoit d'entrer dans l'Aſſemblée. Monſeigneur le Cardinal a nommé Monſeigneur l'Archevêque de Bordeaux & M. l'Abbé le Berthon pour aller le recevoir.

L'un de Meſſieurs les Agens a été prendre M. le Comte de Saint Florentin dans la Salle où Meſſieurs les Commiſſaires du Roi ont coutume de s'aſſembler ; & l'a conduit juſqu'à la porte de l'Egliſe , qui donne du Sanctuaire dans le Cloître , où Monſeigneur l'Archevêque de Borbeaux & M. l'Abbé de Berthon l'ont reçu , & l'ont conduit enſuite dans la Salle de l'Aſſemblée ; Monſeigneur l'Archevêque de Bordeaux prenant aux portes le pas ſur M. le Comte de Saint Florentin.

M. le Comte de Saint Florentin étant entré dans la Salle , après avoir ſalué la Compagnie, qui s'eſt découverte & levée , a dit en adreſſant la parole à Monſeigneur le Cardinal : » Monſeigneur , voici une Lettre du » Roi que je vous remets ; j'attendrai » la réponſe & la déliberation.

M. le Comte de Saint Florentin s'eſt retiré ſur le champ ſans s'aſſeoir , & a été reconduit de la même maniere dont il avoit été reçu. Monſeigneur le Cardinal après avoir décacheté la Lettre du Roi l'a remiſe à M. l'Abbé de Nicolay pour en faire la lecture à la Compagnie.

LETTRE DU ROI.

MESSIEURS, j'ai vû avec peine que vous n'avez pas pris une deliberation conforme à la demande qui vous a eté faite de ma part : les sentimens d'affection & de bienveillance que j'ai pour le Clergé de mon Royaume, sont si profondement gravés dans mon cœur, qu'ils sont toujours les mêmes ; quoique votre zele n'ait pas repondu à ce que j'étois en droit d'en attendre. Rempli de respect pour les saintes fonctions de votre ministere sacré, je me ferai toujours un devoir de conserver les Exemptions, les Privileges & les Immunités que les Rois mes Predecesseurs vous ont accordez ; & je n'avois pas besoin que votre Assemblée m'expliquât les justes motifs qui en sont le fondement. Les demandes qui vous ont été faites en mon nom étoient de nature à vous rassurer sur la crainte que vous aviez que les biens du Clergé de France ne fussent assujetis à l'execution de l'Edit qui ordonne l'imposition du Vingtiéme. J'ai bien voulu vous faire encore assurer depuis, que ce n'étoit pas mon intention, & votre Assemblée m'a fait dire qu'elle en étoit penetrée

de reconnoiſſance. Au lieu d'un Don gratuit ordinaire, j'ai preferé de vous demander dans les formes accoutumées, non
pour moi, mais pour vous-mêmes, une
ſomme annuelle qui fût deſtinée à accelerer le rembourſement de vos dettes. Mon
intention pour les veritables interêts du
Clergé m'a porté à confirmer de nouveau
par ma Declaration du 17 Aouſt dernier
les Deliberations que vos Aſſemblées pre-
cedentes avoient priſes pour reformer les
défauts du Departement general de vos
Impoſitions, que j'ai regardé comme le
principe & la cauſe de l'inegalité des repartitions dans les diocèſes particuliers.
Après tant de temoignages d'une protection ſinguliere & diſtinguée, je n'aurois
pu en repondant à vos Remontrances que
vous renouveller les mêmes aſſurances de
bonté : je vois en effet par le compte que je
m'en ſuis fait rendre en mon Conſeil, que
je les avois prevenues, & il ne devoit plus
être queſtion que de prendre une deliberation preciſe ſur la demande faite par mon
ordre à votre Aſſemblée. Je ne m'atten-
dois pas que le Clergé de l'Egliſe Galli-
canne, ſi zèlé defenſeur de l'autorité ſouveraine & independante des Rois ſur le
Temporel, ſemblaſt vouloir en affranchir

ſes Poſſeſſions , comme ſi l'obligation où je ſuis de veiller à la défenſe & à la conſervation de ſes Biens , ne faiſoit pas naîtrè de ſa part celle de contribuer aux beſoins de l'Etat dont il fait partie. C'eſt donc avec regret que je me verrois obligé d'avoir recours à des voies d'autorité , qui en maintenant les maximes de mon Royaume , n'auroient pour objet que le veritable bien du Clergé , ſi vous perſiſtez à ne pas prendre une déliberation ſur la demande faite par mon ordre à votre Aſſemblée , & que je dois attendre de votre reſpect , de votre reconnoiſſance , & de attention pour les interêts du Clergé. Sur ce je prie Dieu qu'il vous ait , Meſſieurs, en ſa ſainte garde. Ecrit à Verſailles le 15 Septembre 1750. Signé LOUIS. Et plus bas PHELIPEAUX.

Et au dos eſt écrit : A Meſſieurs les Cardinaux , Archevêques , Evêques , & autres Eccleſiaſtiques Députés à l'Aſſemblee Generale du Clergé de France convoquée par ma permiſſion en ma bonne Ville de Paris.

La Compagnie ayant entendu la lecture de la Lettre du Roi, a prié Monſeigneur l'Archevéque de Bordeaux & M. l'Abbé le Berthon d'aller trouver M. le Comte de Saint Florentin, pour lui exposer que l'Assemblée ne prévoyoit point qu'elle pût prendre aujourd'hui une délibération positive en conséquence de la Lettre de Sa Majesté; l'importance des choses qu'elle contenoit exigeant les réflexions les plus mures & les plus sérieuses.

Monseigneur l'Archevêque de Bordeaux & M. l'Abbé le Berthon ont été sur le champ trouver M. le Comte de Saint Florentin, pour lui faire part des réflexions que venoit de faire l'Assemblée.

Monseigneur l'Archevêque de Bordeaux & M. l'Abbé le Berthon étant rentrés dans la Salle, Monseigneur l'Archevêque de Bordeaux a dit : qu'il venoit d'exposer à M. le Comte de Saint Florentin toutes les difficultés que la Compagnie trouvoit à prendre sur le champ une délibération positive en conséquence de la Lettre du Roi ; & que M. le Comte de Saint Florentin lui avoit répondu, qu'il avoit ordre de ne point sortir des Augustins, que l'Assemblée n'eût pris une délibération positive ; & que si elle n'en prenoit point, il feroit obligé de rentrer dans la Salle de l'Affemblée. La Compagnie ayant entendu la réponfe de M. le Comte de Saint Florentin, Monfeigneur le Cardinal a propofé de fe féparer en différens differens Bureaux pour y relire la Lettre du Roi & faire toutes les obfervations néceffaires; ce qui ayant été unaniment approuvé, Meffeigneurs & Meffieurs ont été travailler dans chaque Bureau; & il a été refolu que la Séance feroit prolongée jufqu'au foir fans déplacer.

Meffeigneurs & Meffieurs étant rentrés dans la Salle de l'Affemblée, on a rapporté les avis des différens Bureaux; & la Compagnie après en avoir long-tems conféré, Monfeigneur le Cardinal a propofé d'entendre M. le Promoteur : fur quoi M. l'Abbé de Breteuil a dit :

MESSEIGNEURS ET MESSIEURS,

C'eft pour la quatriéme fois que le Roi vous fait connoître fes intentions; il le fait même aujourd'hui d'une façon plus particuliere, puifqu'il les a confignées dans une Lettre que fon Miniftre vous a apportée. Vous defi-

riez tous, Messeigneurs, trouver dans
cette Lettre de quoi vous mettre à portée de suivre les mouvemens de votre
zele & de votre fidelité. Vous devez y
voir avec satisfaction la maniere dont
le Roi s'explique sur le Vingtiéme : il
seroit bien à souhaiter que ce qui regarde la liberté de vos Dons y fût marqué d'une façon assez précise pour
vous déterminer à offrir au Roi ce qu'il
vous demande. Je ne crois pas, Messeigneurs , que vous hésitiez à faire
connoître vos sentimens sur les maximes du Clergé de France par rapport
à l'autorité souveraine & indépen lan-
te des Rois dans le temporel , & vous
ne pouvez pas être soupçonnez de
vouloir vous en écarter. La démarche
que vous allez faire , Messeigneurs ,
demande la plus grande attention. Si
d'un côté , vous ne devez rien faire
qui puisse être contraire aux lumieres
de votre conscience ; de l'autre vous
ne devez rien négliger pour éloigner
les suites funestes que le malheur de
déplaire au Roi pourroit entraîner.
Vous connoissez le cœur de Sa Majesté : vous sçavez que la Religion y do-
mine, & qu'il en est le plus ferme ap-

pui. Vous devez donc, Meſſeigneurs, tout mettre en œuvre, pour contenter un maître auſſi digne de votre amour, que de votre reſpect. Mais ſi vous vous trouvez encore dans la triſte neceſſité de differer de repondre aux demandes du Roi d'une façon conforme à vos deſirs ; faites-lui connoître votre douleur ; ſi vous ne pouvez pas rendre vos larmes utiles, rendez-les du moins reſpectables. Je requiers que vous deliberiez par Province ſur la demande portée dans la Lettre du Roi.

Après avoir entendu M. le Promoteur, la matiere miſe en deliberation, l'Aſſemblée ayant opiné par Province : celle de Paris étant en tour, a unanimement arrêté : de temoigner au Roi ſa reſpectueuſe reconnoiſſance de la maniere dont S. M. veut bien s'expliquer au ſujet du Vingtiéme dans ſa Lettre en datte du jour d'hier.

L'Aſſemblée a encore unanimement arrêté de faire au Roi les proteſtations les plus fortes de ſon profond reſpect, de ſa ſoumiſſion ſans bornes & de ſon attachement inviolable aux maximes du Clergé de France ; ſingulierement à celle de l'autorité ſouveraine & in-

dépendante

dépendante de nos Rois dans le temporel ; & Elle ne s'eſt point écartée de
cette maxime , en prenant la liberté
de repréſenter au Roi , que cette autorité ſouveraine & indépendante ne
s'étend point au pouvoir d'impoſer
ſans le conſentement de l'Egliſe les
biens conſacrés à Dieu.

L'Aſſemblée n'ayant pas pû trouver dans la Lettre de S. M. de quoi ſe
raſſurer contre les atteintes portées à
la liberté de ſes Dons, ſe trouve toujours par les mêmes motifs de confcience , dans la même impoſſibilité de
déliberer ſur la demande faite par les
Commiſſaires du Roi , & dans la triſte
néceſſité de ne repondre aux nouveaux
Ordres de S. M. que par ſes larmes.

Monſeigneur l'Archevêque de Bordeaux & M. l'Abbé le Berthon ont
été priez d'aller faire part à M. le
Comte de Saint Florentin de la Déliberation qui venoit d'être priſe ; & ſur
le champ ils y ont été.

Monſeigneur l'Archevêque de Bordeaux & M. l'Abbé le Berthon étant
rentrez dans l'Aſſemblée , Monſeigneur l'Archevêque de Bordeaux a dit :
Qu'il venoit de faire part à M. le Comte

de Saint Florentin de la Déliberation prise par la Compagnie , & que M. le Comte de Saint Florentin lui avoit repondu , qu'il étoit affligé de voir que l'Assemblée n'eût point pris une Déliberation conforme à la demande qui lui avoit été faite par les Commissaires de S. M. & qu'il demandoit à rentrer dans l'Assemblée.

Un moment après M. le Comte de Saint Florentin est rentré dans l'Assemblée, ayant été reçu comme il l'avoit été le matin. Après avoir salué la Compagnie , il s'est approché de Monseigneur le Cardinal , & lui a remis un paquet de la part de S. M. & à l'instant il s'est retiré , & il a été reconduit de la même maniere qu'il avoit été reçu.

Son Eminence ayant decacheté le paquet l'a remis à M. l'Abbé de Nicolay, lequel a commencé par faire la lecture de la Lettre de cachet suivante.

LETTRE DU ROI.

» MESSIEURS , après les refus
» reiterez que vous avez faits de
» prendre une déliberation conforme

» à la demande qui vous a été faite en
» mon nom , je ne dois pas différer
» plus long-tems de remplir ce que je
» dois à moi-même & à la conferva-
» tion des maximes fondamentales de
» mon Royaume , en ufant de mon
» autorité. Je vous envoie un Arrêt
» par lequel j'ordonne la levée de la
» fomme que je vous avois fait de-
» mander ; vous y verrez mon atten-
» tion à ne point donner d'atteinte au
» privilege dont vous jouiffez , de faire
» la repartition & la perception de
» vos Impofitions : Vous reconnoîtrez
» à ce menagement , combien , en me
» fervant d'un pouvoir dont vous
» m'avez forcé à faire ufage , je con-
» ferve d'affection pour le Clergé ,
» dans le tems même que j'ai le moins
» fujet d'être content de votre con-
» duite. Vous procederez fans delai à
» faire la repartition des fommes dont
» la levée eft ordonnée par cet Arrêt ;
» & ma volonté eft que vous mettiez
» fin à votre Affemblée le vingt du
» préfent mois , & que vous retour-
» niez fans différer dans vos Diocèfes
» pour y remplir les devoirs de votre
» miniftere , & y vacquer à l'adminif-

> tration de vôs Benefices & à l'éxe-
> cution de ma Déclaration du dix-
> fept Août dernier. Sur ce je prie
> Dieu qu'il vous ait, Meffieurs, en
> fa fainte garde. Ecrit à Verfailles le
> 15 Septembre 1750. Signé LOUIS.
> Et plus bas PHELIPEAUX.

Et au dos eft écrit : A Meffieurs les Cardinaux, Archevêques, Evêques & autres Ecclefiaftiques Deputez à l'Affemblée Generale du Clergé de France convoquée par ma permiffion en ma bonne Ville de Paris.

Et enfuite M. l'Abbé de Nicolay a fait la lecture de l'Arrêt du Confeil qui étoit joint à cette Lettre.

ARREST

DU CONSEIL D'ETAT

DU ROY.

Extrait des Regiftres du Confeil d'Etat.

LE ROY ayant jugé à propos de prendre les mefures néceffaires pour parvenir à l'extinction fucceffive

des dettes de l'Etat, S. M a crû devoir donner une attention particuliere
à celles que le Clergé de France a contractées pour son service, & dont Elle
désire d'accelerer le remboursement :
c'est dans cette vûe que S. M. a fait demander par ses Commissaires à l'Assemblée du Clergé une somme annuelle de
quinze cens mille livres, pendant cinq
années pour être employée aux rem-
boursemens des capitaux dûs par ledit Clergé de France, & ajoutée aux
sommes deja destinées à ces rembour-
semens : Et S. M. voulant que la levée
de cette somme annuelle soit faite
dans la forme ordinaire, & suivant les
repartitions qui s'observent actuellement pour les impositions du Clergé
de France, jusqu'à ce qu'on ait pû les
reformer; après que, par l'execution
de sa Déclaration du dix-sept Août
dernier, il aura été pris les éclaircis-
semens necessaires à cet effet : OUY le
Raport du sieur Machault, Conseiller
ordinaire au Conseil Royal, Contrô-
leur General des Finances : LE ROY
ETANT EN SON CONSEIL a ordonné & ordonne, qu'à commencer
de la presente année 1750. il sera im-

poſé & levé en la maniere & dans les termes accoûtumez ſur les Dioceſes, du Clergé de France, par les Bureaux Dioceſains, & conformement aux Departemens ſur leſquels ſont aſſiſes les impoſitions actuelles dudit Clergé de France, la ſomme de quinze cens mille livres annuellement pendant le cours de cinq années: Veut en conſequence S. M. que par l'Aſſemblée du Clergé il ſoit fait & arrêté un Departement de ladite ſomme de quinze cens mille livres par an, dont le recouvrement ſera fait par le Receveur General du Clergé de France, & ſubordonnement par les Receveurs des Decimes, pour être ladite ſomme annuellement employée aux rembourſemens des capitaux de rentes dûes par ledit Clergé, & ajoutées à celles déja deſtinées auſdits rembourſemens. Enjoints S. M. aux Chambres Superieures Eccleſiaſtiques & aux Bureaux Dioceſains de tenir la main à l'execution du preſent Arrêt, ſur lequel toutes Lettres neceſſaires ſeront, ſi beſoin eſt, expediées. Fait au Conſeil d'Etat du Roy, S. M. y étant, tenu à Verſailles le 15 Septembre 1750. Signé Phelipeaux.

L'Assemblée ayant entendu la lecture de la Lettre de cachet & de l'Arrêt du Conseil, a remis la Séance au lendemain, attendu qu'il étoit huit heures du soir, & que la Séance étoit commencée depuis neuf heures du matin.

Du Jeudi 17 Septembre 1750. à huit heures du matin.

Monseigneur l'Archevêque de Sens Président.

Monseigneur l'Archevêque de Sens a fait observer à la Compagnie, qu'étant à la veille de se séparer, il seroit convenable d'envoyer un de Messieurs les Agens à Versailles, pour sçavoir si le Roi voudroit bien permettre à l'Assemblée de lui présenter ses respects avant sa séparation : ce qui ayant été unanimement approuvé, on a chargé M. l'Abbé de Coriolis de partir sur le champ pour Versailles & de voir M. le Comte de Saint Florentin, pour sçavoir si le Roi voudroit bien accorder audience à la Compagnie, & quel seroit le jour & l'heure que donneroit Sa Majesté.

La Compagnie a ordonné qu'on lui

fît la lecture de l'Arrêt du Conseil daté
du 15 Septembre qui lui fut remis
hier de la part du Roi par M. le Comte
de Saint Florentin. Meſſeigneurs &
Meſſieurs ont fait différentes reflexions
ſur cet Arrêt, & ont renvoyé à l'après-
dîner à déliberer ſur le parti qu'il con-
viendroit de prendre à ce ſujet.

*Du Jeudi 17 Septembre 1750 à quatre
heures de relevée.*

Monſeigneur l'Archevêque de Sens,
Préſident.

Monſeigneur l'Archevêque de Sens
a dit : Que Meſſeigneurs & Meſſieurs
ayant fait les obſervations les plus im-
portantes ſur l'Arrêt du Conſeil qui
avoit été envoyé hier à l'Aſſemblée ;
il ne reſtoit plus actuellement qu'à
prendre une Deliberation ; & que ſi
l'Aſſemblée l'agréoit, on entendroit
M. le Promoteur.

Surquoi M. l'Abbé de Breteuil a dit :

MESSEIGNEURS ET MESSIEURS,

Vous n'avez pas à deliberer aujour-
d'hui ſur l'execution des intentions du
Roi portée dans le Diſcours de ſes

Commissaires, ou dans les Lettres de S. M. Vous avez été obligez jusqu'à présent de différer votre Deliberation sur les secours que le Roi vous demandoit, parce que vous n'étiez pas rassurez sur la liberté de vos Dons, & vous avez eu l'honneur de lui faire à cet égard les plus respectueuses & les plus solides Remontrances. Votre respect, votre soumission, votre zele, vos efforts dans tous les tems pour le secours de l'Etat, votre volonté déterminée & connue même en cette occasion, de vous sacrifier de nouveau, malgré votre épuisement, pour satisfaire les desirs du Roi, devoient vous faire esperer que vous vous trouveriez enfin à portée d'écouter les mouvemens de votre cœur. Mais, Messeigneurs, S. M. vient de vous faire connoître sa volonté dans une forme, qui, en vous accablant de douleur, augmente votre embarras & vos allarmes. Le Roi vous a fait remettre un Arrêt, qui vous ordonne d'imposer la même somme qu'il vous avoit fait demander : c'est sur le parti que vous devez prendre, par rapport à cet Arrêt, que vous ayez à deliberer, & vous de-

vez avoir devant les yeux & votre reſpect pour tout ce qui émane de S. M.
& votre attention à tout ce qui inté-
reſſe les devoirs de votre miniſtere &
la conſervation de vos Immunitez.
C'eſt ſurquoi je requiers que vous deliberiez par **Provinces**.

M. le Promoteur ayant été entendu,
la matiere miſe en deliberation, l'Aſſemblée opinant par Province, celle
d'Arles étant en tour, a unanimement
été d'avis, que n'ayant pû par des motifs de conſcience & de religion deliberer ſur la demande des Commiſſaires du Roi ; elle pouvoit encore moins,
par les mêmes raiſons, faire & arrêter
le Département de ſept millions cinq
cens mille livres, que S. M. ordonnoit
être levez ſur le Clergé par ſon Arrêt
du 15 Septembre, & en conſequence
elle a arrêté qu'il ſeroit fait au Roi de
très-humbles & très-reſpectueuſes remontrances, pour expoſer à S. M.
l'impoſſibilité où elle ſe trouve d'executer ledit Arrêt.

Monſeigneur l'Archevêque de Sens
a dit enſuite : Qu'on ne pouvoit trop
ſe preſſer de porter au Roi les remontrances que la Compagnie a arrêté de

lui faire, S. M. devant quitter Verſailles Samedi prochain, & l'Aſſemblée ſe
ſéparant le jour ſuivant ; qu'il lui pa-
roiſſoit à propos d'envoyer dès aujour-
d'hui à Verſailles , pour ſçavoir quel
jour il plairoit au Roi de recevoir les
très-humbles remontrances de la Compagnie.

L'Aſſemblée a prié Monſeigneur
l'Archevéque de Sens , d'écrire ſur le
champ à M. l'Abbé de Coriolis , qui
avoit été envoyé le matin à Verſailles ,
pour le charger de ſçavoir , par M. le
Conte de Saint Florentin , quel jour
S. M. voudroit bien recevoir les nouvelles remontrances du Clergé.

*Du Vendredi 1 8 Septembre 1750. à
quatre heures de relevée,*

Monſeigneur le Cardinal de la Rochefoucauld, Préſident.

M. l'Abbé de Coriolis a dit: Qu'en
execution des ordres de l'Aſſembiée il
avoit été à Verſailles, où il avoit vu
M. le Comte de Saint Florentin , &
qu'il l'avoit prié de ſçavoir du Roi s'il
trouveroit bon que la Compagnie eut
l'honneur de lui préſenter ſes reſpects
avant ſa ſéparation , & qu'il l'avoit

prié de demander en même-tems à Sa Majesté si Elle voudroit bien recevoir les remontrances que l'Assemblée a arrêté de lui faire au sujet de l'Arrêt du 15 Septembre, qui lui fut apporté avant-hier de sa part.

Et que M. le Comte de Saint Florentin, après avoir pris les ordres du Roi, lui avoit dit que S. M. ne vouloit point accorder audience à la Compagnie avant sa séparation : & qu'à l'égard des remontrances le Roi ne vouloit pas qu'elles lui fussent présentées par une Députation de l'Assemblée ; mais qu'il trouvoit bon que l'Assemblée les fit remettre par un de ses Agens, à lui Comte de Saint Florentin, qui en rendroit compte à Sa Majesté.

Monseigneur le Cardinal a proposé d'entendre la lecture du projet de remontrances, qui avoit été dressé par Monseigneur l'Evêque d'Autun, lequel projet ayant été lû, a été unanimement approuvé, & les remontrances ont été signées ; & sur le champ, l'Assemblée a chargé M. l'Abbé de Coriolis de les porter à M. le Comte de Saint Florentin.

Remontrances

*Remontrances du Clergé de France affem-
blé à Paris en l'année 1750. au fujet de l'Arrêt du Conseil du 15 Septembre.*

SIRE,

Le Clergé de France affemblé, a
mis fous vos yeux les motifs de religion & de confcience, qui l'ont em-
pêché de prendre une deliberation
précife fur la demande qui lui a été
faite par les Commiffaires de V. M. Il
a expofé à V. M. que les Biens Ecclefiaftiques étant confacrez à Dieu, ils
ne pouvoient être affujettis à aucune
taxe qui ne fût librement confentie
par les miniftres de la Religion. Il a
rapporté les décifions des Conciles
particuliers & generaux, qui prouvent que cette doctrine a été dans tous
les tems celle de l'Eglife Catholique.
Il a cité fpecialement le Concile de
Conftance, fi refpecté parmi nous, lequel défend non feulement de faire
aucune levée fur les Biens de l'Eglife
fans le confentement du Clergé, mais
qui va même jufqu'à interdire l'entrée
de leurs Eglifes, aux Evêques qui

confentiroient exterieurement à des Impofitions aufquelles on auroit voulu les forcer.

Nous avions efperé, Sire, qu'on ne nous feroit point un crime, d'avoir conformé notre conduite à des maximes que V. M. à l'exemple de tous fes prédécesseurs, a conftamment reconnues, & que nous fommes obligez de propofer pour regle à ceux dont le falut nous eft confié. Cependant comme fi nous n'avions cherché, qu'à colorer d'un prétexte de religion une défobéiffance réelle ; comme fi le fentiment du Clergé de France parlant d'après l'enfeignement de l'Eglife univerfelle, ne devoit être d'aucun poids dans des matieres qui intereffent la religion: on nous a reprefenté à V. M. comme des Evêques qui avoient oublié la doctrine de leurs Peres ; comme des Sujets fans zele pour votre fervice, & fans foumiffion pour vos volontez.

Nous étions affez malheureux, Sire, d'avoir été forcés tant de fois de fufpendre les éfets de notre zele. Les nouveaux ordres que nous avons reçus de V. M. mettent le comble à notre douleur.

V. M. veut que nous travaillions au Departement de l'Imposition qu'elle a ordonnée par l'Arrêt de son Conseil. Nous n'avons pas cru pouvoir en conscience offrir à V. M. d'autres secours, que des secours libres & volontaires. Les mêmes principes nous interdisent de prendre part à une Imposition, contre laquelle l'Eglise ne peut s'empêcher de reclamer.

C'est pour la derniere fois, Sire, qu'il nous sera permis de faire entendre notre voix au pied du Trône; & si nous avons presque perdu toute espérance d'obtenir de V. M. les consolations que nous avions cru pouvoir en attendre, qu'Elle reconnoisse du moins à notre consternation & à nos larmes, le desir que nous avions de concilier tous nos devoirs.

Ce sont, Sire, les très-humbles & très-respectueuses remontrances que présentent à V. M. ses très-humbles, très-soumis Serviteurs & fideles Sujets les Cardinaux, Archeveques, Evêques & autres Ecclesiastiques Deputez composans l'Assemblée Generale du Clergé de France.

Du Samedi 19 Septembre 1750. à huit heures du matin.

Monseigneur le Cardinal de la Rochefoucauld, Président.

M. l'Abbé de Coriolis est entré dans la Salle arrivant de Versailles, & a dit : Qu'il avoit remis les remontrances de l'Assemblée à M. le Comte de Saint Florentin, qui lui avoit repondu : Qu'il en rendroit compte au Roi le plutôt qu'il lui seroit possible.

Du Samedi 19 Septembre 1750. à quatre heures de relevée.

L'Assemblée étant sur le point de se séparer, a jugé à propos, en se rappellant tout ce qui s'est passé contre les Immunitez de l'Eglise, de faire la Déclaration suivante.

DÉCLARATION

Faite par l'Assemblée du Clergé de France le Samedi 19 Septembre 1750.

NOus Cardinaux, Archevêques & Evêques, & autres Deputez du Clergé de France assemblez à Pa-

¶is en la préſente année 1750. Vû la
Lettre que nous avons eu l'honneur
d'écrire au Roi le 19 Août 1750. les
très-humbles & très-reſpectueuſes Remontrances préſentées par l'Aſſemblée à S. M. le dix de ce mois, tant
par rapport au Vingtiéme, que ſur le
Diſcours des Commiſſaires de S. M. à
l'Aſſemblée ; & encore celle préſentée
le même jour à S. M. au ſujet de la
Déclaration du dix-ſept Août enregiſtrée au Parlement le vingt-un du
même mois ; & enfin les nouvelles &
dernieres Remontrances faites au ſujet de l'Arrêt du Conſeil du quinze du
préſent mois, remiſes, ſuivant l'ordre
du Roi, à M. le Comte de Saint Florentin, par l'un des Agens Generaux
du Clergé. En ſuivant l'exemples des
précedentes Aſſemblées, & pour l'ac-
quit de nos conſciences, avons declaré
& declarons perſiſter dans nos ſuſdi-
tes Remontrances, & les renouvel-
lons en tant que beſoin eſt, & ce à
l'effet que ce qui ſe pourroit faire au
contraire, en quelque maniere & ſous
quelque forme & prétexte que ce puiſſe être, ne puiſſe nuire ni préjudicier
aux Droits & Immunitez de l'Egliſe

K iij

& du Clergé : & nous efperons toujours de la juftice , de la Religion , &
de la bonté du Roi , qu'il voudra bien
y avoir égard , comme nous l'en fup-
plions. Et fera la préfente Décla ation
inférée dans le Procès verbal de la
préfente Affemblée aux fins ci-deffus
énoncées.

Cette Déclaration ayant été lûe , a
été approuvée & fignée par tous les
Deputez de l'Affemblée.

> Fred. Jer. Cardinal de la
> Rochefoucauld, P. P. Arc.
> de Bourges , Préfident.
> † J. Jofeph , Arch. de Sens.
> † Nic. Arch. de Rouen.
> † L. J. Arch. de Bordeaux.
> † J. Arch. de Vienne.
> † Dominique, Arc. d'Alby.
> † L. Fr. Evêque d'Alais.
> † L. G. Evêque de Rennes.
> † Cl. Ant. E. C. de Châlons.
> † Fr. Evêque de Blois.
> † L. A. Evêque de Toulon.
> † J. M. Ev. C. de Gap.
> † G. Evêque de Bayonne.
> † Jean-Marie, Ev. de Rieux.
> † A. J. B. Ev. de Glandeve.
> † Ant. Evêq. d'Autun.

l'Abbé de Menou.

L'Abbé de Ris.

L'Abbé le Berthon.

L'Abbé de la Prunarede.

L'Abbé de Bellaffaire.

L'Abbé de Caffand.

L'Abbé Lenfant.

L'Abbé de Pierrefeu.

L'Abbé de Chanterac.

L'Abbé Defponchés.

L'Abbé Barin de la Galiffonniere.

L'Abbé de Beaurecueil.

L'Abbé Dulau.

L'Abbé Damou.

De Radonvilliers.

L'Abbé de Montjouvent C. de Lyon.

L'Abbé de Coriolis, Agent.

L'Abbé de Caftries, Agent.

L'Abbé de Breteuil, Prom.

L'Abbé de Nicolay Secret.

L'Affemblée, après avoir figné la Déclaration précedente, pour faire connître à tous les Diocèfes du Royaume, la conduite qu'elle a tenue, a chargé Meffeigneurs & Meffieurs les Deputez de chaque Province, de

remettrê à chacun de Meſſeigneurs les
Prélats de ſa Province, un Extrait du
Procès verbal contenant tout ce qui
s'eſt paſſé à l'occaſion des atteintes
qu'on a données aux Immunitez Eccleſiaſtiques.

RAPPORT

De Monſeigneur L'ARCHEVESQUE DE
SÉNS *fait à l'Aſſemblée Générale du
Clergé de France*, *au ſujet du Livre
intitulé :* Lettres, *avec ces mots :* Ne
repugnate, &c. *Senec. de Conſtantiâ
Sapient. Cap.* XIX. *Londres* 1750.

MESSEIGNEURS,

C'eſt avec la plus grande exactitude
que nous avons examiné, ſelon vos
ordres, *les Lettres* qui ſe diſent im-
primées *à Londre.* avec cette ſeule iaſ-
cription *Ne repugnate veſtro bono &c.*
C'eſt ſous les yeux de votre Aſſemblée même, que, comme pour défier
votre vigilance & votre zele, on a re-

pandu avec profufion cet Ecrit artificieux , préparé pour rendre odieux, non-feulement nos Immunitez , mais bien plus le faint miniftere dont nous fommes revêtus. C'eft auffi ce qui nous a impofé le devoir de creufer fes maximes ; d'en démafquer l'artifice , & d'en dévoiler l'erreur ; d'en peindre les funeftes conféquences , d'en vérifier les textes avec fcrupule , pour vous en expofer avec plus de verité le venin dangereux , venin que l'Auteur a couvert de l'appareil d'une érudition recherchée , fouvent trompeufe dans fes citations , & féduifante par la hardieffe avec laquelle il l'employe.

Si cet Auteur n'avoit attaqué que nos Immunitez , nous aurions pû le meprifer , & l'abandonner à la critique de ceux qui en ont déja relevé les citations infideles & les faux raifonnemens. Nos Immunitez font fondées fur des principes trop folides , pour étre ébranlees par les fragiles moyens qu'il employe pour les détruire : Immunitez plus anciennes que la Monarchie , fondées fur la nature de nos biens & fur leur confécration , refpectées dans tous les Royaumes

Catholiques, épargnées dans plusieurs
royaumes Proteſtans, reconnues &
obſervées même dans les Pays Idolâ-
tres en faveur des Prêtres des faux
Dieux ; entre autres des Druides Gau-
lois. *a* De telles Immunitez qui prennent leur ſource en quelque façon dans
la loi naturelle, n'ont beſoin, pour leur
conſervation, que de notre zele à les
défendre, de la juſtice de notre Roi,
de ſa Religion & de la protection qu'il
qu'il a toujours accordées à l'Egliſe.

D'ailleurs ce qui ſe trouve ſi ſolide-
ment écrit à leur ſujet, & ſi noblement
expoſé dans vos remontrances au Roi,
ſuffit pour refuter tout ce que cet écri-
vain a dit de plus ſpecieux contre elles : auſſi n'eſt-ce pas tant leur défenſe
qui a excité notre zele dans l'examen
que nous avons fait de cet Ecrit, que
les erreurs, nous pouvons dire même,
les impietez que ſon Auteur debite
avec cette hardieſſe que l'erreur a coutume d'emprunter pour en impoſer au
vulgaire. C'eſt à ces erreurs plus ma-
nifeſtes que nous nous ſommes principalement arrêtez, parce que c'eſt ce
qui doit nous intereſſer par preferen-

a Ceſar, Comment. de bello Gallico.

ce ; & que notre ministere nous im-
posant l'obligation speciale de veiller à
sa conservation, de nous élever avec
force contre tout ce qui la blesse, *de
reveiller par nos cris b*, comme le prescrit le Prophête, ceux qui s'endor-
ment auprès de ces serpens dangereux, & de les garantir par nos allarmes du peril que la vaine securité d'u-
ne part, & la curiosité de l'autre, leur
fait courir.

C'est en effet une funeste curiosité
qui porte à lire avidemment tant d'é-
crits & de libelles, qui ont affoibli la
foi & inspiré cet esprit d'incredulité &
d'irreligion que nous trouvons repan-
du parmi les peuples confiez à nos
soins. L'Auteur de ce dernier Libelle
donne de nouvelles armes à cette irreligion, & y met en quelque façon la
derniere main en decreditant le saint
ministere ; & il travaille à sapper la foi
dans un de ses principaux appuis, en
rendant odieux ceux qui en sont les
Predicateurs & les vengeurs.

C'est dans cet esprit, qu'il représente
les **Prêtres** de J. C. comme d'un état
c au moins indifferent au public, & com-

me la partie *d la moins utile de la societé.*
Eh ! quoi ! le Sacrifice que nous devons offrir à Dieu , les prieres que la
Religion nous prescrit pour le Roi &
pour ses peuples, les instructions dont
nous leur somme redevables, les Sacremens qu'il reçoivent de nos mains,
la voie du salut dont nous leur mon-
trons la route , sont-ce là des choses
indifferentes à la Societé & à l'Etat ?
Un Etat Chrétien peut-il subsister sans
ces secours ? Qu'au gré de cet impie
on supprime ces prétendus *inutiles,*
que deviendra l'instruction des igno-
rans , la reconciliation des pecheurs,
la sanctification des ames ? Que de-
viendront les pauvres, qui trouvent
dans notre ministere leur nourriture ,
leur consolation & leur patience.

Ce ministere saint demande des prêtres saints eux-mêmes, & degagez des
soins temporels qu'une famille & des
enfans exigent. C'est ce, dont les ga-
rantit le célibat , dont les Apôtres leur
ont donné l'exemple , que la plus ancienne tradition fait remonter jusqu'à
eux, que les saint Conciles ont confirmé par tant de loix, dont S. Paul a

____

d Lettre 1. p. quatorze.

par

par ses conseils autorisé la pratique,
même dans les simples fideles : le celibat fait un des objets de la critique
licentieuse de ce nouveau *Vigilantius.*
e Il reproche au Clergé ce celibat respectable, il l'accuse de *depeupler l'Etat,*
& il fait comme un crime aux Vierges
sacrées, de ce qu'à l'exemple de la me-
re de Dieu , elles se vouent à lui dès
leur plus tendre jeunesse,

C'est dans le même esprit d'irreligion qu'il étend sa critique sur les ri-
chesses que possede l'Eglise & sur les
dons que les Princes & les peuples ont
offerts à Dieu pour l'entretien de ses
ministres, pour la décoration de son
culte, pour la nourriture des pauvres.
Il traite ces dons f *de prodigalitez exces-*
sives, fruits d'une pieté séduite & mal en-
tendue. Et pour chercher dans les saintes Ecritures quelque appui à la malignité de sa censure, il ose avancer contre la verité du Texte sacré, que les
Levites ne possedoient rien g *qu'à titre*
d'aumône , & que c'étoit à Joüe à qui
ils étoient redevables des dixmes qu'ils
percevoient. Ce témeraire ignore les

e Lettre 1. p. 15.   f Lettre premiere , p. dix
neuf & 20.   g Lettre 2. p. 6.

L

Ecritures; car il est clairement énon-
cé que ce fut Moyse qui par l'ordre de
Dieu attribua aux Levites les dixmes,
les prémices & toutes les offrandes que
le peuple présentoit à Dieu. Et il les
leur attribua pour être *h le prix de leur
ministere & la solde du service qu'ils ren-
doient dans le Tabernacle. Quia pretium
est pro ministerio quo servitis in Taberna-
culo.* Ce fut Moyse encore qui ordon-
na que les champs, les terres & autres
effets voüés au Seigneur par la pieté du
peuple, entreroient dans la possession
des Prêtres & qu'ils ne pourroient être
rachetez que par leurs mains; parce
que, dit-il, *i toute possession consacrée à
Dieu, appartient de droit aux Prêtres :
Possessio consecrata ad jus pertinet Sacer-
dotum.*

Que si ce fut Josué qui marqua dans
la suite les Villes qui devoient être dans
la possession de la Tribu de Levi; c'é-
toit Dieu qui l'avoit ainsi ordonné à
Moyse; car il est écrit. *l Voici ce que
dit le Seigneur à Moyse dans les campa-
gnes de Moab : commandez aux Enfans
d'Israël de donner aux Levites des Villes
pour leurs habitations, avec leurs Faux-*

h Num. 18. *i* Levit. 27. *l* Nom. trente-cinq v. 1.

bourgs , & ün mille de terrain tout au tour
de ces Villes pour la nourriture de leurs
troupeaux. C'eſt donc ignorer profon-
dément le Texte ſacré , de reduire à
une pure aumône ce qui fut donné par
l'ordre exprès de Dieu , & que les
Prétres de la Loi poſſédoient à un titre auſſi juſte & auſſi divin que les terres que partagerent les autres Tribus.
Si par tous ces avantages la Tribu de
Levi devint plus riche que les autres
Tribus, ce fut par l'ordre exprès de
Dieu : & c'eſt Dieu qui par le miniſtere de Moyſe décora encore la dignité
du Grand-Pretre par la dixme de toutes les dixmes que poſſédoit la Tribu
dont il étoit le chef.

Si cet Ecrivain attaque la Religion
dans ſes Miniſtres , il attaque Dieu
même dans toute ſa puiſſance. Il oſe en
effet avancer *m* *qu'il ne ſçauroit y avoir*
aucun droit non-ſeulement humain , mais
même *divin qui exempte les hommes de*
la contribution perſonnelle ou réelle aux
charges de la Societé : Dieu donc avec
toute ſon autorité ne peut ni accorder
aucune exemption , ni l'ordonner ; il
n'a pû mettre par ſa Loi, les biens qui

m Lettre 1, p, 18, juſqu'à 23, Lettre 2. p. 1.

lui font confacrés hors du commerce des hommes, les élever à un état plus faint, les deftiner uniquement à la fub-fiftance des pauvres, à la décoration de fon culte, à l'entretien de fes Mi-niftres. C'eft donc injuftement qu'il l'avoit ainfi ordonné dans la Loi an-cienne fous laquelle tout ce qui lui étoit offert, étoit confacré & reputé faint & inacceffible aux mains profa-nes. *n Quidquid femel confecratum fue-rit, fanctum fanctorum erit Domino.*

C'eft attaquer d'une autre maniere la Majefté Divine, que d'infpirer à nos Rois, comme le fait cet Ecrivain, de ne tenir compte du ferment qu'ils font à leur Sacre à la face des faints Autels de conferver les Immunitez de l'Egli-fe. *o* Ce protecteur du parjure ofe mê-me leur faire une obligation de mepri-fer ce ferment folemnel, & par-là d'in-fulter en quelque façon à la Majefté fainte de Dieu devant lequel il a été fait, & que le Pontife fon Miniftre a reçu en fon nom.

Il ignore, cet Ecrivain témaire, auffi profondement les droits légiti-

<hr>

n Levit. 27. *o* Notes fur les Remontrances, p. 16. & dix-fept.

mes de nos Rois que ceux du Tout-Puissant, & c'est en toute maniere qu'il se range au nombre de ces impies dont parle l'Apôtre avec indignation, *p qui blasphêment la Majesté, & ont toute autorité à mépris. Qui dominationem spernunt, majestatem autem blasphemant.*

C'est de Dieu que les Rois tiennent leur Puissance, & c'est *par lui qu'ils regnent*, *q* dit le Sage. Quant au nouvel Ecrivain, il a eu d'autres idées. Selon lui, *c'est au peuple qu'appartient la proprieté du pouvoir suprême* : il n'en accorde donc que l'usufruit au Souverain, sans même distinguer ceux qui gouvernent un Etat Monarchique, de ceux dont la puissance est comme partagée avec le peuple par les Loix. Quand aux premiers, selon lui, c'est la société qui est le *proprietaire* de la Puissance souveraine & non le Monarque ; d'où on tirera naturellement cette odieuse conséquence, que le Prince n'est que le Ministre du peuple en qui le pouvoir reside.

Ce principe seditieux le conduit à restraindre la Puissance dans la main

p Epist. Jud.   *q* Lettre quatre p. trente-quatre

L iij

du Monarque, & à foutenir *r qu'il ne peut ni priver fon Etat des fecours que chacun lui doit, à proportion de fes facultés, ni foulager une partie de fes membres aux dépens des autres.* Maxime fauffe, qui ôte au Monarque le droit d'accorder des exemptions & des graces, & qui rend injuftement odieux non-feulement les priviléges du Clergé, mais même ceux dont jouit la Nobleffe & la Magiftrature, & les exemptions dont les Princes récompenfent prudemment la fidélité, les fervices & les talens de ceux qui les ont mérités.

Le principe fur lequel cet Auteur fe fonde eft encore plus dangereux. La foi nous enfeigne que le folide fondement de la puiffance des Rois, c'eft l'ordre de Dieu, c'eft la Religion. Elle prefcrit à leur égard une obéiffance parfaite, même à ceux qui abuferoient de leur autorité. C'eft ce qu'enfeigne expreffement Saint Paul, lorfqu'il nous dit que *s celui qui réfifte aux Puiffances, réfifte à l'ordre de Dieu,* lorfqu'il fait de l'obéiffance un devoir aux

r Lettre 1. p. 22. & 23. Lettre quatre p. trente-quatre. *s* Ad Roman. 13.

fidéles , non de politique , mais *de
conscience* ; lorsqu'il représente le Souverain comme *le Ministre de Dieu qui
lui a mis en main le Glaive vengeur pour
punir ceux qui font mal.* L'Auteur a
trouvé un autre fondement de la Puissance Royale. C'est le pacte prétendu
entre les Rois & les Peuples : *c'est la
Justice distributive, qui fait* (dit-il) *le
titre & le fondement le plus solide de la
puissance du Souverain & de l'obéissance
des Peuples.* † Parole séditieuse qui ar-
me les Sujets mécontens contre l'Autorité Royale, qui les porte à se rendre les Juges de leur Souverain & de
son Gouvernement , & qui leur présente un motif spécieux de révolte ,
sous le prétexte de réclamer *le droit qu'ils
ont à la Justice distributive* , & le prétendu pacte qu'on suppose qu'ils ont fait
avec le Maître que Dieu leur a donné.

C'étoit de pareilles maximes qu'em-
ployoit le Ministre Jurieu pour prêcher la désobéissance & la rebellion
aux Protestans de ce Royaume ; c'é-
toit sur ce pacte prétendu 'es Souverains avec leurs Sujets , qu'il s'efforr-
çoit d'étayer son systême propre à fo-

† Lettre 1. pag. trois.

menter & à exciter les revoltes ; c'est
précisément ce que le célébre Bossuet,
l'ornement de notre Eglise , traitoit
d'excès , *de témerité* & de *maximes séditieuses* dans ce Ministre : il le confon-
doit par l'obéissance que les Chrétiens
avoient toujours rendu aux Princes
persécuteurs & tyrans. *Par malheur
pour sa cause , dit-il , les Chrétiens si op-
primés sous Dioclétien , loin de songer à
cette defense qu'on leur veut rendre légitime , ont démenti toutes les raisons dont
on l'autorise , non-seulement par leurs
discours , mais encore par leur patience ,
de façon qu'on peut dire qu'ils n'ont pas
moins scellé de leur sang les droits sacrés
de l'autorité légitime , sur lesquels Dieu
a établi le repos du genre humain , que la
Foi & l'Evangile.* «

Après avoir dégradé & les Rois &
les Ministres de la Religion , il est
moins surprenant que cet Ecrivain
pousse son irréligion jusqu'à blasphê-
mer contre ses Saints. A ses yeux saint
Thomas de Cantorbery , ce célébre
défenseur des Immunitez de l'Eglise ,
est coupable , & il ne l'excuse que *sur
sa bonne foi.* Il affecte de douter de la

____
« Cinquiéme avertissement aux Protestans.

Canonifation de ce faint Martyr: tandis que toute l'Eglife, fpécialement celle de France, en célébre annuellement la Féte, & que fon tombeau devenu glorieux par les miracles, fut encore plus honoré par la pénitence du Prince même fon perfécuteur.

Quand au faint Martyr Boniface, il n'impute au zele de ce faint Apôtre de l'Allemagne que des intentions criminelles, & cela dans les termes les plus indécens. *vWinfred, dit-il, Moine Anglois crût trouver matiere d fon zele qui lui avoit fait franchir les limites du Cloître. N'ayant ni Maître, ni Patrie, ni domicile, ni revenu; ce Miffionnaire toujours errant & ifolé, s'étoit dévoué au Pape par néceffité, par interêt & par enthoufiafme; il avoit pris le nom de Boniface; fon zele avoit pour objet d'étendre la domination & l'autorité du Pape; c'étoit la fienne. Il devoit la faire valoir, comme moyen, & il l'excéda; & tout le refte n'en fut que le pretexte & le mobile ...... Dans ce double point de vûe d'en impofer & de féduire, &c.* Cet indigne portrait d'un Saint Martyr que toute l'Eglife révére, & des travaux duquel

elle a recueilli le fruit par la conver-
fion de tant de Peuples, excite l'indignation : il démafque l'efprit d'irréligion dont d'Auteur eft animé, & il
acheve de juftifier notre zele contre le
Livre d'un témeraire, qui ne refpecte
ni les Saints, ni les Rois, ni l'Eglife,
ni Dieu même.

Ce font tous ces excès, & d'autres
encore, que la briéveté du tems ne
nous a pas permis de difcuter, qui
doivent faire l'objet principal de la
cenfure que vous en devez prononcer.
Cet Ecrit l'a merite fans doute, pour
avoir attaqué l'Eglife fainte dans les
Immunitez ; il l'a merite bien plus
dans tant d'autres fauffes maximes,
qui bleffent encore plus ouvertement
& la Religion & la Foi. Au refte, il
nous a paru qu'une cenfure générale
avec des qualications refpectives, &
comme le difent les Théologiens,
une cenfure *in globo*, feroit convenable. Ces fortes de cenfures ont été fré-
quemment ufitées dans l'Eglife ; elle
en tire une utilité fuffifante pour l'inf-
truction des fideles. C'eft comme le di-
foit le célébre Boffuet, *le premier cri de
la Foi* contre les novateurs qui la blef-

fent ; & c'eſt en cette maniere que nous avons eſtimé que vous pouviez & que vous deviez cenſurer ce Livre, comme contenant pluſieurs propoſitions reſpectivement captieuſes, fauſſes, témeraires, ofenſives des oreilles pieuſes, ſcandaleuſes, injurieuſes à l'Egliſe & à nos Rois, dérogeant à leur autorité, erronées, impies, ſentant l'héréſie, contraires à l'Ecriture ſainte, & renouvellant des erreurs déja condamnées par l'Egliſe.

Monſeigneur l'Archevêque de Sens ayant fini ſon Rapport, Monſeigneur le Cardinal l'a remercié au nom de toute l'Aſſemblée, & lui a témoigné combien elle étoit ſatisfaite de ce qu'il a bien voulu rendre encore dans cette occaſion ſes travaux auſſi utiles qu'ils l'ont été juſqu'à préſent.

LETTRE DE L'ASSEMBLE'É
aux Archevêques & Evêques de France.

Les Cardinaux, Archevêques, Evêques & autres Députés tenans l'Assemblée Générale du Clergé, de France.

Aux Archevêques & Evêques de France, charité & union en N. S. J. C.

LES scandales se multiplient sans cesse au milieu de Nous, des mains témeraires entreprennent de fouiller jusques aux fondemens de la foi & s'efforcent de les ébranler. Les promesses de J. C. nous consolent & nous rassurent ; mais la confiance que nous avons en la divine Parole, doit exciter, & non rallentir notre zele, parce que la fermeté avec laquelle nous nous élevons contre les nouveautés, est un des moyens dont la Providence a coutume de se servir pour en arréter le cours.

Nous n'étions pas encore assemblés lorsque nous avons vû paroître un Livre intitulé : *Lettres, Ne repugnate*

vestro

veftro beno ; &c, à Londres 1750. "La malignité des ennemis de l'Eglife & la curiofité indifcrete de fes enfans, lui ont procuré un débit rapide. Quoique fupprimé par l'autorité du Roi, il a inondé la Capitale & pénetré dans les Provinces. La pieté des fideles n'en a pas été allarmée, comme de tant d'autres Libelles, qui annoncent l'irreligion, & qui par leurs excès même, portent avec eux leur préfervatif. Celui-ci ne femble deftiné qu'à combattre un privilege qu'il repréfente comme intéreffant pour les Ecclefiaftiques feuls, & comme indifférent pour la Religion & pour l'Eglife. Cependant l'expérience du paffé auroit pû avertir du péril. Les Immunitez de l'Eglife n'ont jamais été combattues par principes, qu'on ait porté en même-tems des coups dangereux à la Religion ; & l'Auteur des Lettres n'a pas été plus habile ou plus heureux à féparer ces deux caufes, qui en effet tiennent l'une à l'autre par des liens néceffaires. Le quatriéme Concile general de Latran & celui de Conftance ayant affermi par des Decrets formels l'Immunité des biens de

M

l'Eglife, & le faint Concile de Trente avant renouvellé les Canons des Conciles précédens à ce fujet, c'eſt fans doute déroger au refpect dû à leurs décifions, que d'entreprendre de renverſer cette Immunité.

Mais ſi le but que l'Auteur ſe propoſe eſt condamnable, les moyens qu'il emploie pour y parvenir font encore plus criminels. Son projet eſt injurieux à l'autorité de l'Eglife, & ſes raiſonnemens tendent à ébranler les fondemens de la Religion.

Il avance que les Eccleſiaſtiques font plus obligez que les autres Citoyens à fournir une contribution réelle, parce qu'ils font perſonnellement la partie la moins utile à la ſocieté, & qu'on les doit regarder au moins comme indifférens au public.

Il juge donc que le gouvernement des ames, que les inſtructions de pieté, que le Sacrifice offert par les Prêtres, que l'adminiſtration des Sacremens que les prieres & les exemples des perfonnes retirées du monde ne font d'aucun prix & d'aucun merite dans un Etat Chrétien, Il eſt vrai que l'utilité de nos fonctions ſe rapporte

principalement à la vie future ; mais
la penſée de la vie future regle la conduite de la vie préſente ; & borner les
hommes à la ſocieté de la terre , c'eſt
renverſer les plus ſolides fondemens
de cette ſociété.

Si les fonctions ſpirituelles ſont inutiles , les Eccleſiaſtiques n'ont d'autre
lien que les contributions pécuniaires
pour les attacher à l'Etat ; & ſans ce
lien ils ceſſeroient d'en être les membres. Telle eſt en effet la doctrine de
l'Auteur. Ainſi les verités de Religion
dont nous inſtruiſons la Jeuneſſe ,
l'innocence des mœurs que nous nous
efforçons d'entretenir parmi les peuples , les ſoins que nous nous donnons
pour prêcher l'obéiſſance aux loix , &
toutes les vertus chrétiennes & civiles
dont nous enſeignons la pratique ; ce
ſont des ſervices peu utiles , dont l'E-
tat ne doit tenir aucun compte, & des
liens trop foibles pour nous attacher
à lui.

Ce témeraire Auteur oſe meſurer
par la foibleſſe de ſes raiſonnemens la
toute puiſſance de l'Eternel. Dieu
même , ſelon lui , n'a pû accorder d'e-
xemptions aux biens de l'Egliſe. Il a
M ij

pû d'un seul mot créer le ciel & la terre, & il n'aura pas la puissance de s'en reserver une légere partie? S'il a voulu se faire un domaine pour l'entretien de son culte & de ses Ministres, on lui en disputera l'entiere possession, & ce sera par le defaut de pouvoir qu'on osera l'attaquer? La raison se révolte contre l'absurdité des principes d'où l'on tire un pareil systême ; & la Religion s'éleve contre l'impieté qui en est la suite.

Ennemi de toute autorité, l'Auteur ébranle la solidité du Trône, par les regles qu'il a la témerité de prescrire pour l'exercice de la souveraine puissance. Il annonce entre le Prince & les Sujets des pactes & des conventions, qui pourroient faire regarder au Peuple son obéissance comme essentiellement conditionnelle. De legers correctifs ne remédient pas au vice d'un principe aussi pernicieux ; & la déclaration outrée qu'il ose faire contre des Loix solemnellement émanées du Trône, caracterise l'esprit d'indépendance & de révolte caché sous ces maximes séditieuses.

Il contredit la sainte Ecriture dans

ce qu'elle nous apprend des possessions des Levites, & il ne voit dans les privileges dont ils ont joui que l'impossibilité de contribuer aux charges publiques faute de moyens. La même Ecriture nous apprend que les biens offerts au Seigneur deviennent saints ; mais comme selon l'Auteur, les Ministres de la Religion ne sont que des hommes inutiles ; les offrandes faites à Dieu ne sont aussi après leur oblation que ce qu'elles étoient auparavant.

Si des ames pieuses ont assuré par leur libéralité une retraite à des hommes dévoués à la priere, si elles ont cru racheter leurs péchés par une aumône durable, si elles ont voulu établir des exemples vivans de la perfection commandée par la Loi Chrétienne : Tous ces motifs ne paroissent à l'Auteur des Lettres que les effets d'une pieté séduite, & il insinue, que les biens ainsi donnés au Clergé à titre purement gratuit, pourroient être l'objet du Patriotisme, c'est-à-dire, dans son langage, être envahis par amour du bien public.

Plein d'animosité contre le Innunités qu'il combat, il ne voit plus dans ceux qui en ont été les défenseurs ou les martyrs, que des hommes séduits ou séducteurs, & le culte public dont l'Eglise révere Saint Thomas de Cantorbery & Saint Boniface, n'a pû les mettre a l'abri des traits de son impiété.

Enfin la Discipline de l'Eglise qui s'est proposée d'assurer par le célibat la pureté de ses Ministres & leur détachement de la terre, est représentée comme dangereuse & nuisible aux Etats. L'Auteur s'efforce même de donner des impressions fâcheuses contre les vœux de Religion, par lesquels les ames appellées à un état plus parfait, l'engagent à porter dès leur jeunesse le joug du Seigneur.

Tels sont les égaremens d'un Auteur, qui prenant le commerce des hommes pour sa fin, & ne cherchant son bonheur que dans les douceurs de la société, a oublié les espérances des Chrétiens, & ne voit que de l'inutilité dans les pieuses pratiques qui font leur consolation. Son Ouvrage ne respire qu'une Philosophie toute payenne, & n'est propre qu'à ébranler la foi, & à éteindre dans les cœurs des fideles tout sentiment de pieté. Tous ces motifs nous ont déterminé à prononcer contre ce Livre la censure que nous joignons ici, afin que vous unissant à Nous dans la profession des mêmes vérités, l'erreur soit confondue plus efficacement, que la folie de ceux qui en débitent soit, comme dit l'Apôtre, connue de tous, & qu'ayant tous les mêmes sentimens, nous glorifions d'une commune voix Notre-Seigneur Jesus-Christ l'Auteur & le Consommateur de notre foi. La grace de Notre-Seigneur Jesus-Christ demeure avec votre Esprit Fait en l'Assemblée Générale du Clergé de France, tenue à Paris au Grand Couvent des Augustins, le quatorze Septembre mil sept cent cinquante.

FR. JER. CARD. DE LA ROCHE-FOUCAULD. P. P. Archev. de Bourges, Président.

Par Nosseigneurs de l'Assemblée,

L'ABBÉ DE NICOLAY, SÉCRETAIRE.

CENSURE

DU LIVRE INTITULÉ:

Lettres, avec ces mots latins : *Ne repugnate vestro bono* , *&c.* Sen. de
const. Sap. c. 19. A Londres 1750.

NOus Cardinaux, Archevêques
& Evêques,& autres Ecclésiastiques Deputez en l'Assemblée Générale
du Clergé , tenue à Paris l'an mil sept
cent cinquante. Après avoir entendu le
Rapport de Monseig. l'Archevêque de
Sens & l'Avis de la Commission qui
avoit été nommée le 20 Aout pour
l'examen du Livre intitulé : *Lettres*,
avec ces mots latins : *Ne repugnate
vestro bono.* Senec. de const. Sap. cap.
XIX. *à Londres* 1750. Chacun ayant
en particulier vû & examiné le Livre,
après en avoir conféré entre nous pendant plusieurs Séances ; le Saint Nom
de Dieu invoqué : Avons condamné
& condamnons le Livre qui a pour ti-

tre : *Lettres* , avec ces mots latins :
Ne repugnate veſtro bono , Senec. de
conſtantiâ Sap. cap. XIX. *à Londres*
1750. comme contenant pluſieurs
propoſitions reſpectivement captieuſes , fauſſes , témeraires , offenſives des
oreilles pieuſes , ſcandaleuſes , injurieuſes à l'Egliſe & à nos Rois , déro-
geantes à leur autorité , erronées , impies , ſentant l'heréſie , contraires à
l'Ecriture ſainte , & renouvellant des
erreurs déja condamnées par l'Egliſe.
Fait en l'Aſſemblée Générale du Clergé de France tenue à Paris au Grand
Couvent des Auguſtins le quatorze
Septembre mil ſept cent cinquante.

Fred. Jer. Cardinal de la
   Rochefoucauld, P. P. Arc.
   de Bourges , Préſident.

† J. Joſeph , Arch. de Sens.
† Nic. Arch. de Rouen.
† L. J. Arch. de Bordeaux.
† J. Arch. de Vienne.
† Dominique, Arc. d'Alby.
† L. Fr. Evêque d'Alais.
† L. G. Evêque de Rennes.
† Cl. Ant. E. C. de Châlons.

† Fr. Evêque de Blois
† L. A. Evêque de Toulon.
† J. M. Ev. C. de Gap.
† G. Evêque de Bayonne.
† Jean-Marie, Ev. de Rieux.
† A. J. B. Ev. de Glandeve.
† Ant. Evêq. d'Autun.
L'Abbé de Ris.
L'Abbé de Chanterac.
L'Abbé de Menou.
L'Abbé de Bellaffaire.
L'Abbé de Caffand.
L'Abbé Damou.
L'Abbé de Beaurecueil.
L'Abbé Defponchés.
L'Abbé Lenfant.
L'Abbé de Montjouvent C.
de Lyon.
L'Abbé de Pierrefeu.
L'Abbé le Berthon.
L'Abbé de la Prunarede.
De Radonvilliers.
L'Abbé Dulau.
L'Abbé Barin de la Galif-
fonniere.
L'Abbé de Coriolis, Agent.
L'Abbé de Caftries, Agent.
L'Abbé de Breteuil , Prom.
L'Abbé de Nicolay Secret.